Ullstein Krimi

Ullstein Krimi
Lektorat: Georg Schmidt
Ullstein Buch Nr. 10455
im Verlag Ullstein GmbH,
Frankfurt/M – Berlin
Titel der amerikanischen
Originalausgabe:
Don't Lie to Me

Vom selben Autor
in der Reihe der
Ullstein Bücher:

Auf totem Gleis (10418)
Das hab ich nicht gewollt (10424)
Der Wachsapfel (10436)
Keine Schonzeit für Widder (10443)

Neuauflage des Ullstein Krimis 1585

Umschlaggestaltung und Fotorealisation:
Welfhard Kraiker & Karin Szekessy
Alle Rechte vorbehalten
© 1972 by Tucker Coe
Übersetzung © 1974 by
Verlag Ullstein GmbH,
Frankfurt/M – Berlin
Printed in Germany 1987
Gesamtherstellung:
Ebner Ulm
ISBN 3 548 10455 X

Juni 1987

CIP-Kurztitelaufnahme
der Deutschen Bibliothek

Coe, Tucker:
Sag die Wahrheit, Kollege: e. Mitch-
Tobin-Roman / Tucker Coe. Übers. von
Heinz F. Kliem. – Neuaufl. d. Ullstein-
Krimis 1585. –
Frankfurt/M; Berlin: Ullstein, 1987.
  (Ullstein-Buch; Nr. 10455: Ullstein-
  Krimi)
  Einheitssacht.: Don't lie to me ‹dt.›
  ISBN 3-548-10455-X
NE: GT

Tucker Coe
Sag die Wahrheit, Kollege

Ein Mitch-Tobin-Roman

Übersetzt von Heinz F. Kliem

Ullstein Krimi

1

Der Lichtkegel meiner Taschenlampe huschte über alte Bilder und Zeichnungen: Karikaturen längst verstorbener Politiker und überschlanker Frauenrechtlerinnen. Jedes einzelne Bild war sorgfältig präpariert, eingerahmt hinter spiegelfreiem Glas. Meine Aufgabe bestand darin, diese Kostbarkeiten bei Nacht vor Dieben und Vandalen zu schützen.

Unvermittelt merkte ich, daß meine Schritte nicht das einzige Geräusch im Haus waren. Ich blieb stehen und hörte jemanden unten klopfen. Es war zehn Uhr fünfundvierzig. Wer klopfte zu dieser späten Stunde an die Haustür?

Normalerweise hätte ich jetzt in die Abteilung »Comic Strips zwischen den Weltkriegen« gehen müssen, aber ich wandte mich nach links, durchquerte die Abteilung »Werbung der fünfziger Jahre« und ging die Haupttreppe zum Portal hinunter. Das Klopfen verstummte und setzte dann erneut ein.

Es war die dritte Nacht in der dritten Woche, seit ich diesen Job angenommen hatte, und ich war mir noch immer nicht klar darüber, ob ich ihn behalten sollte oder nicht. In mancher Beziehung war es ein geradezu idealer Job für mich – doch eben deswegen scheute ich davor zurück, ihn zu lange auszuüben. Einer der Vorteile bestand beispielsweise darin, daß ich hier völlig allein war – vier Nächte pro Woche, von neun Uhr abends bis sieben Uhr morgens –, und in den bisherigen elf Nächten hatte sich niemand sehen lassen.

Der Haupteingang zu diesem Gebäude, dem Museum of American Graphic Art, war ein breites Portal mit einer eingelassenen Klappe. Ich brauchte keinen Raubüberfall zu befürchten, denn wenn die Bilder und Zeichnungen auch recht wertvoll waren, mußten sie hauptsächlich vor sinnloser Zerstörungswut Jugendlicher beschützt werden. Ich öffnete die Klappe.

Zunächst erkannte ich sie nicht; sie war lediglich eine schlanke, blonde Frau, die im Halbdunkel vor dem Portal stand. Ihr Gesicht war im Schein der Straßenlaterne kaum auszumachen. Es war drei Jahre her, seit wir uns zum letztenmal begegnet waren, und ich hatte erwartet, sie nie wiederzusehen. Dennoch hätte ich sie eigentlich auf

Anhieb erkennen müssen.

»Ja?« fragte ich.

Sie sah mich an; möglicherweise paßte meine Uniform nicht recht ins Bild.

»Mitch?« fragte sie, und beim Klang ihrer Stimme erkannte ich sie sofort.

»Oh«, sagte ich; meine Stimme klang mir fremd in den Ohren.

»Kann ich dich sprechen?«

Ich schwieg. Wir sahen uns durch die Klappe an, und ich brachte keinen Ton hervor.

»Es handelt sich um Danny«, fügte sie hinzu und gab mir damit zu verstehen, daß sie mich nicht unseretwegen sprechen wollte.

»Danny«, wiederholte ich. Außer Linda Campbell nannte jeder ihren Mann »Dink« – er war ein bekannter Einbrecher. Ich hatte sie kennengelernt, als ich ihren Mann verhaftete. Das war in meinem vierzehnten Dienstjahr bei der Polizei gewesen.

»Bitte«, sagte sie. Das eine Wort war so ausdrucksvoll, daß es darauf nur ein Ja oder ein Nein gab – nichts dazwischen.

»Augenblick«, sagte ich. »Ich sperr' die Tür auf.«

Als ich die Klappe schloß, setzte Linda gerade zu einem Lächeln an. Ich ließ mir damit Zeit, die drei Schlösser der Tür zu öffnen. Noch stand die schwere Tür wie eine Trennwand zwischen uns.

Ich hatte Linda vor sieben Jahren kennengelernt, als ich mit meinem Partner Jock Sheehan zu der Wohnung der Campbells gefahren war, um Dink wegen eines kürzlich verübten Einbruchs festzunehmen. Und es hatte ein ganzes Jahr gedauert, bis ich mit Linda zum erstenmal ins Bett gegangen war. Zu dieser Zeit verbüßte Dink bereits seine Strafe. Wir waren ein seltsames Paar, beide verheiratet, und ich der Polizeibeamte, der ihren Mann zur Strecke gebracht hatte – doch das tat unserer Liebe keinen Abbruch. Sex spielte in unserem Verhältnis natürlich eine wesentliche Rolle – aber wir brauchten auch die Stunden der Unterhaltung und des Gedankenaustauschs.

Es ist eine alte Weisheit, daß ein zufriedener Ehemann nicht Ausschau nach anderen Frauen hält – aber war ich während dieser Jahre daheim unzufrieden? Wohl kaum. Kate, meine Frau, ist von Natur aus schweigsam und verschlossen, und deshalb fand ich solchen Gefallen daran, mich mit Linda zu unterhalten. Linda war in all meinen Ehejahren mein einziger Seitensprung. Und dieses Verhältnis lag so weit außerhalb meines normalen Lebens, daß es mir nicht als Ehebruch zu Bewußtsein kam.

Ich konnte Linda natürlich nur während der Dienstzeit besuchen, und das bedeutete, daß ich meinen Partner Jock einweihen mußte. Er deckte mich während der Stunden, die ich bei Linda verbrachte – und dabei wurde er eines Tages von einem Rauschgifthändler erschossen, den er verhaften wollte. Das war für mich nach achtzehn Jahren Dienstzeit das Ende meiner Polizeikarriere.

Seit Jocks Tod hatte ich Linda nicht wiedergesehen. Die beiden ersten Jahre war ich arbeitslos gewesen; erst kürzlich hatte ich eine Lizenz als Privatdetektiv bekommen. Ich war bei drei Agenturen in Manhattan registriert und stand gerade im Begriff, mich wieder zu fangen.

Und nun wartete Linda vor der Tür. Mit ihr kehrte die ganze Vergangenheit zurück.

Ich öffnete die drei Schlösser und zog die Tür auf. »Komm herein«, sagte ich.

Als sie in den Lichtschein trat, war es, als hätten die drei vergangenen Jahre überhaupt nicht existiert. Ihr Gesicht war unverändert, selbst das kleine, zögernde Lächeln stand noch in ihren Mundwinkeln, und ihre Stimme war mir so vertraut wie ein Lied aus der Kindheit.

»Danke, Mitch«, sagte sie.

Es war ein Schock, als ich spürte, daß ich sie noch immer begehrte. Ich deutete stumm auf die Vorhalle und sperrte die drei Schlösser wieder zu.

»Ich bin dir gefolgt«, sagte sie. »Seit neun Uhr habe ich draußen im Wagen gesessen.«

Ich war nervös. Seit Jocks Tod hatten wir nie mehr versucht, Verbindung miteinander aufzunehmen. Irgendwie fühlte ich, daß ich in Lindas Schuld stand.

Endlich waren die Schlösser zu. Widerstrebend wandte ich mich um und sagte: »Hallo.« Am liebsten hätte ich sie in die Arme gerissen – aber ich wußte ja nicht, was sie herführte.

»Ich hätte dich daheim aufsuchen sollen«, sagte sie noch immer mit dem zögernden Lächeln. »Es wäre besser, wenn wir uns in Gegenwart deiner Frau unterhielten.«

Sie hatte Kate nie gesehen, und ich hatte meine Ehe kaum erwähnt.

Wir mußten so schnell wie möglich aus der Vergangenheit in die Gegenwart kommen. »Hast du Sorgen mit Dink?« fragte ich.

»Ja.« Sie blickte sich in der kleinen, kahlen Vorhalle um. »Du bist der einzige, an den ich mich wenden konnte.« Wieder sah sie mich an.

»Wenn ich dir helfen kann ...« erwiderte ich und ließ es dabei bewenden.

»Sei doch nicht so kalt zu mir, Mitch«, sagte sie. »Ich werde dich nicht ...«

Sie wollte sagen, daß sie mich nicht in die Vergangenheit zurückziehen wollte. Ich schämte mich plötzlich und sagte: »Komm mit ins Büro, dort können wir uns setzen.«

»Danke.«

Ich schaltete das Licht in der Vorhalle aus, knipste die Taschenlampe an und ging voran ins Büro. Dort verbrachte ich die Zeit zwischen den einzelnen Runden mit einem kleinen Transistor-Radio.

Während wir Seite an Seite gingen, sagte sie: »Ich brachte es einfach nicht fertig, dich daheim zu besuchen, Mitch. Ich war gestern und heute draußen, habe im Wagen gesessen und auf das Haus gestarrt.«

»Dann bist du mir hierher gefolgt.«

»Ja. Endlich faßte ich mir ein Herz und klopfte an. Wegen Danny.«

»Kommt er 'raus?«

»Er ist schon draußen«, antwortete sie.

Wir betraten das beleuchtete Büro, und ich schaltete die Taschenlampe aus. »Lebst du mit ihm zusammen?« fragte ich.

Sie blieb in der Mitte des Raumes stehen und drehte sich um. »Natürlich«, erwiderte sie. »Er ist mein Mann.«

»Weiß er über uns Bescheid?«

»Über dich?« Mir fiel auf, wie sie das Fürwort wechselte. »Ja, er weiß Bescheid, Mitch. Wir haben es hinter uns gebracht.«

»Gut. Setz dich doch.«

In einer Ecke stand eine Couch mit einem Klubsessel. Linda setzte sich in den Sessel, ich nahm auf der Couch Platz.

»Danny hat einen Job«, sagte sie und wirkte plötzlich verlegen. Den Grund dafür konnte ich mir nicht vorstellen. »Er arbeitet in einer Kartonagenfabrik in Brooklyn.«

»Fein«, sagte ich.

»Er will sich nicht mehr in die alten Geschichten einlassen.«

»Das freut mich.« Ich kam mir wie der Polizeibeamte vor, der es gern hört, daß ein ehemaliger Verbrecher den geraden Weg wiedergefunden hat. Noch immer suchte ich nach einer Erklärung für ihre Verlegenheit.

»Er gibt sich wirklich größte Mühe, Mitch«, sagte sie ernst. »Ich weiß, daß er es diesmal bestimmt schaffen wird.«

Jetzt erkannte ich den Grund ihrer Verlegenheit. Es fiel ihr schwer, mir, ihrem ehemaligen Liebhaber klarzumachen, daß sich ihr Leben jetzt ausschließlich um Dink Campbell drehte.

Wenn sie gekommen wäre, um unser Verhältnis zu erneuern, hätte ich sie abgewiesen. Dennoch ließ sich die Tatsache nicht aus der Welt schaffen, daß wir drei Jahre zusammengelebt hatten. Keiner von uns hatte das Ende herbeigewünscht, das schließlich gekommen war.

Ich versuchte, alle Gedanken an die Vergangenheit abzuschütteln und mich auf die Gegenwart zu konzentrieren. »Wenn Dink sich gefangen hat und zwischen euch alles in Ordnung ist, dann muß es um etwas anderes gehen. Setzt ihn jemand unter Druck?«

»Ja«, antwortete sie.

»Alte Freunde«, mutmaßte ich. »Die ihn drängen, ein paar Dinger mit ihm zu drehen.«

»Ja, zum Teil«, sagte sie. »Du weißt ja, daß er schon immer Spezialist für Schlösser war.«

»Ja, das ist mir bekannt.«

»Wir haben gespart, damit er eines Tages eine Schlosserei aufmachen kann.«

Die in mir aufgestaute Spannung ließ nach; ich konnte sogar ein wenig grinsen. »Dink Campbell als Schlosser. Er wird bestimmt einen guten Fachmann abgeben.«

Sie lächelte, nicht ohne Stolz auf ihren Mann. »Ja«, pflichtete sie mir bei. »Wenn sie ihm die Chance geben.«

»Sie haben wohl keinen anderen Spezialisten?«

»Nein. Außerdem verlangen sie Geld von ihm.«

»Von Dink?«

»Ich verstehe das alles nicht«, sagte Linda. »Sie mußten mal nach einem Einbruch auf getrennten Wegen fliehen. Zwei der Burschen behaupten, Danny hätte die Beute mitgenommen, und nun verlangen sie ihren Anteil.«

»Und er sagt, er hätte das Geld nicht?«

»Er hat es nie gehabt, und er hat es auch jetzt nicht.«

»Na schön«, sagte ich.

»Sie verlangen von Danny entweder das Geld oder daß er wieder mitmacht, bis sie für ihren Anteil entschädigt sind.«

»Und wenn er sich weigert?«

»Dann werden sie entweder über ihn oder vielleicht auch über mich herfallen. Sie haben ihm erklärt, er soll es sich gründlich überlegen.«

»Wieviel Zeit haben sie ihm gegeben?«

Sie schüttelte den Kopf. »Bis sie wiederkommen. Vielleicht schon morgen oder erst im nächsten Monat.«

»Wie stellt Dink sich dazu?«

»Er weigert sich, mitzumachen«, versicherte sie. »Er weiß genau, daß er den Rest seines Lebens hinter Gittern verbringen muß, wenn sie ihn noch einmal erwischen.«

»Aber?«

»Er macht sich meinetwegen Sorgen«, sagte sie. »Er weicht nicht mehr von meiner Seite.«

»Wie viele sind es?« fragte ich.

»Vier.«

»Kennst du ihre Namen?«

»Zum Teil.«

Ich stand auf, trat an den Schreibtisch und nahm einen Kugelschreiber zur Hand, der neben einem Notizblock lag. »Okay«, sagte ich.

»Mitch?«

Ich sah sie an.

»Danny weiß nicht, daß ich hier bin«, sagte sie. »Er wäre nicht damit einverstanden, daß ich dich um Hilfe bitte.«

»Schon gut.«

»Das verstehst du doch?«

Ich blickte auf den Notizblock hinunter. »Ja, das kann ich verstehen.«

»Wenn du also etwas tun kannst . . .«

»Dann soll Dink nicht erfahren, daß ich dahinterstecke.«

»Tut mir leid, Mitch. Ich wünschte . . .«

»Schon gut«, fiel ich ihr ins Wort. »Offiziell kann ich ohnehin nichts unternehmen, und deshalb bleibt auch mein Name aus dem Spiel.«

»Danke«, sagte sie wieder.

»Wer sind sie?«

»Der Anführer heißt Fred Carver.«

»Den kenne ich«, sagte ich und notierte den Namen.

»Dann ist da einer, den Danny ›Knox‹ nennt. Seinen Vornamen kenne ich nicht.«

»In Ordnung.« Ich schrieb den Namen auf. Von dem hatte ich noch nie gehört.

»Und einer heißt Mort.«

Ich blickte zu ihr hinüber. »Mort Livingston?«

»Das weiß ich nicht.«

Es war ein geläufiger Vorname, und ich hatte keine Ahnung, ob Mort Livingston sich überhaupt noch auf der Bildfläche befand. Dink war vor sieben Jahren eingesperrt worden, und ich war seit drei Jahren nicht mehr bei der Polizei. Ich schrieb lediglich den Vornamen auf.

»Der vierte ist ein junger Bursche namens Willie Vigevano«, sagte Linda. »Kaum älter als siebzehn oder achtzehn – aber neben Fred Carver macht er mir die größte Angst.«

Ich erinnerte mich an Fred Carver, der sich stets mit den Fäusten durchsetzte. Er hatte schon ein paarmal gesessen, aber nur wegen kleinerer Delikte. Allerdings würde es wohl nicht mehr lange dauern, bis er ernstlich in die Klemme geriet.

»Also diese vier sind alle?«

»Ja.«

Ich schob den Zettel in die Brieftasche. »Ich habe vorhin gerade meine Runde gemacht. Komm mit, ich habe noch ein paar Fragen zu stellen.«

Die nächste Runde hätte ruhig noch warten können, aber ich fühlte mich irgendwie verpflichtet, meinen Dienst pflichtbewußt zu versehen. Außerdem fühlte ich mich allein mit Linda in einem Raum unbehaglich. Es war nicht zu vermeiden, daß sich unsere Blicke immer wieder trafen und damit alte Erinnerungen weckten.

Ich kehrte nicht zu jener Stelle zurück, wo meine Runde durch das Klopfen an der Haustür unterbrochen worden war, sondern fing wieder ganz von vorn an. Wir durchquerten die Räume im Erdgeschoß und gingen dann die hintere Treppe hinauf.

Diese Runde dauerte länger als gewöhnlich, denn Linda blieb immer wieder stehen, um die Bilder und Zeichnungen an den Wänden zu mustern. Mir war es in der ersten Woche nicht anders ergangen.

Ich ließ ihr Zeit und richtete den Lichtkegel der Taschenlampe jeweils auf das Bild, das sie gerade betrachten wollte. Vorerst stellte ich alle Fragen zurück. Später wollte ich sie nach ihrer Adresse und dem Firmensitz der Kartonagenfabrik in Brooklyn fragen; und nach den Kaschemmen, in denen die vier Burschen meistens verkehrten.

Dann wollte ich herausfinden, ob vielleicht die Chance bestand, daß Dink mit ihr in eine andere Stadt zog. Das hielt sie für unmöglich, denn Dink war nicht der Mann, der sich in die Flucht schlagen ließ.

Soweit waren wir gekommen, als wir die Abteilung »Werbung der fünfziger Jahre« betraten.

Linda blieb wie erstarrt auf der Schwelle stehen. Sie war ein Stück vorausgegangen, so daß ich jetzt von hinten gegen sie prallte.

»Nein!«

Unsere erste körperliche Berührung nach den drei Jahren verwirrte mich momentan. Dann blickte ich an Linda vorüber, sah den nackten Toten bäuchlings auf dem Fußboden liegen und vergaß alles andere.

2

Der erste Streifenwagen traf nach sieben Minuten ein. Die beiden Beamten waren noch jung, hatten aber vom vielen Sitzen bereits einen deutlichen Bauchansatz. In ihrer Gegenwart spürte ich ungewohnte Verlegenheit. Wir waren alle drei in Uniform – sie in einer dunkelblauen und ich in einer grauen, in der ich mir wie ein Polizist im Schmierentheater vorkam. Das alte Wort »Du verdienst es nicht, eine Uniform zu tragen« schoß mir durch den Kopf.

»Uns wurde das Auffinden eines Toten gemeldet«, sagte einer der beiden.

»Hier entlang, bitte.«

In der Zwischenzeit hatte ich alle Lampen eingeschaltet. Der Raum, in dem der Tote lag, war verhältnismäßig klein und enthielt nur eine Bank. Irgendwie wirkte der Mann da auf dem Boden unwirklich, fast wie eine Skulptur.

»Haben Sie ihn berührt?«

Ich schüttelte den Kopf. »Nein.«

Sie berührten ihn ebenfalls nicht, sondern stellten sich neben ihm auf und blickten auf ihn hinunter.

Dann wandte sich einer an mich. »Wissen Sie, wer das ist?«

»Ich habe sein Gesicht noch nicht gesehen.«

»Haben Sie außer uns noch jemanden verständigt?«

»Meine Dienststelle.«

Sie sahen mich stirnrunzelnd an. »Welche?«

»Allied Protection Service.« Ich deutete auf das Abzeichen an meiner Schulter. »Sie schicken jemanden her.«

»Wozu?«

»Vermutlich, um ihre Interessen wahrzunehmen.«

Sie tauschten einen Blick, und einer von ihnen sagte: »Ich rufe das Revier an.«

Der andere ging mit mir die Treppe hinunter. »Gibt es hier noch weitere Eingänge?« fragte er.

»Ja, zwei.«

»Haben Sie die noch vor kurzem überprüft?«

»Seit ich den Toten gefunden habe, nicht mehr.«

»Sehen Sie nach, und kommen Sie dann zum Hauptportal.«

Ich überprüfte die Ausgänge zur Feuerleiter in beiden Stockwerken und ging dann die vordere Treppe zum Portal hinunter.

Der Polizist blickte mir stirnrunzelnd entgegen. »Wo waren Sie denn?«

Ich erklärte ihm die Sache mit den Ausgängen zur Feuerleiter, und er nickte.

»Ich kann mir beim besten Willen nicht vorstellen, wie er in das Gebäude gekommen ist«, sagte ich. »Bei meiner letzten Runde war er jedenfalls noch nicht hier.«

»Vielleicht ist er vor Ihnen durch die Räume gegangen.«

»Nackt? Was sollte er denn im Sinn gehabt haben?«

Er zuckte die Schultern, und ich dachte unwillkürlich an das Credo aller uniformierten Polizisten: Überlaß das Denken den Burschen von der Kripo.

»Waren Sie mal bei der Polizei?« fragte er unvermittelt.

»Ja, früher.«

Wenige Minuten später trafen zwei Kriminalbeamte ein. Der eine war klein, drahtig und sah wie ein Italiener aus. Er hieß Grinella. Der andere war groß und kräftig, mit einem finsteren Gesicht. Er stellte sich nicht vor. Der Streifenpolizist gab einen kurzen Bericht, und Grinella sagte: »Bleiben Sie an der Tür.«

Dann wandte er sich an mich. »Übernehmen Sie bitte die Führung, Mr. Tobin.«

Wir gingen hinauf. Der zweite Streifenpolizist betrachtete eine Volkswagenwerbung und wir blickten auf den Toten hinunter. Grinella stellte ein paar kurze Fragen, die ich beantwortete. Noch immer rührte niemand den Toten an.

Ich war noch im Raum, als der Polizeiarzt eintraf. Er kniete sich nieder, überzeugte sich, daß der Mann tatsächlich tot war, und drehte ihn um. Jetzt sahen wir, was mit ihm passiert war. Es sah aus, als hätte ihm jemand literweise rote Farbe in den Kopf gespritzt. Die Augen waren weit aus den Höhlen getreten, die Zunge hing heraus. Die rote Farbe trat unter den Augen, unter der Nase und in den Mundwinkeln hervor.

Aber es war natürlich nicht rote Farbe, sondern Blut. Der Polizeiarzt blickte auf. »Hier sind die Spuren von zwei Schlägen ans Kinn zu sehen. Dadurch wurde er betäubt. Dann wurde er mit diesem dünnen Draht stranguliert.« Er deutete auf eine bestimmte Stelle. Der Draht selbst war so tief eingedrungen, daß er nicht zu sehen war – nur der Einschnitt.

»Hier im Raum?« fragte Grinella.

»Mit Sicherheit nicht.«

»Und warum nicht?«

»In einem solchen Fall entleeren sich ganz automatisch Darm und Blase. Jemand hat ihn gewaschen, nachdem er bereits tot war.«

»Und hierher gebracht«, sagte Grinella.

»Ja.«

Die beiden Kriminalbeamten sahen sich an, und der Große sagte: »Ich rufe im Hauptquartier an. Du kannst dir inzwischen Mr. Schlüsselloch vornehmen.«

Damit meinte er mich. Da er auf jene Privatdetektive anspielte, die sich mit der Beschaffung von Beweismaterial für Ehescheidungen befassen, eine Tätigkeit, die ich niemals ausführen würde, konnte er mich mit dieser Beleidigung nicht treffen. Dennoch wurmte es mich.

Grinella war weitaus umgänglicher. »Können wir uns irgendwo setzen?« fragte er.

»Sicher.« Ich führte ihn ins Büro, und er setzte sich in den Sessel, wo vor einer knappen Stunde noch Linda gesessen hatte. Ich hätte ihn als Zigarettenraucher eingeschätzt, aber er stopfte sich eine Pfeife.

»Mir scheint, hier war heute nacht allerlei los«, sagte er.

»Ich verstehe nicht ...«

Er drückte den Tabak mit dem Daumen in die Pfeife. »Jemand kommt herein, legt einen Toten auf den Boden und verschwindet wieder.«

»Durch verschlossene Türen«, sagte ich.

Er nickte und betrachtete die Pfeife in seiner Hand. »Ja, das macht es noch komplizierter. Wann waren Sie das letzte Mal in dem Raum?«

»Um zehn Uhr fünfundvierzig.« Genau zu dieser Zeit hatte Linda an die Haustür geklopft.

»Und wann haben Sie den Toten entdeckt?«

»Elf Uhr siebzehn.«

»Also eine halbe Stunde. Ganz schöner Betrieb für eine halbe Stunde.« Er sah mich an. »Kennen Sie ihn?«

»Nein.«

»Ein solches Gesicht ist natürlich schwierig zu identifizieren«, meinte er.

»Ich bin trotzdem sicher, daß ich ihn nicht kenne.«

Er nickte, klemmte die Pfeife zwischen die Zähne, traf jedoch keinerlei Anstalten, sie anzuzünden. »Sind die Türen eigentlich durch Ketten gesichert, oder könnte sie jemand mit einem Schlüssel öffnen?«

»Das Portal ist durch drei Schlösser gesichert. An der hinteren Tür befindet sich eine Kette. Der Notausgang in der Seitenfront hat zwei Schlösser. Die Fenster zu den Feuerleitern sind durch Vorhangschlösser gesichert.«

»Sind diese Fenster unberührt?«

»Vollkommen.«

»Wo waren Sie zwischen zehn Uhr fünfundvierzig und elf Uhr siebzehn?«

»Zum Teil hier und zum Teil auf der Runde.«

Er sah sich im Büro um. »Würden Sie es von hier aus hören, wenn jemand zum Portal kommt?«

»Wenn er sich ruhig verhält, nicht.«

»Und an der Seitentür?«

»Von hier aus überhaupt nicht.«

Er sah mich wieder an. »War heute abend jemand hier bei Ihnen?«

Jetzt kam meine Lüge. »Nein«, antwortete ich.

Als wir den Toten entdeckten, mußten wir eine rasche Entscheidung treffen. Entweder blieb Linda bei mir und wir sagten die Wahrheit, oder sie verschwand, als wäre sie nie hier gewesen. Wenn wir es mit der Wahrheit hielten, mußte natürlich alles über Jock, Linda und mich herauskommen, ohne in dem Mordfall selbst weiterzuhelfen. Da ich mit dem Toten persönlich nichts zu schaffen, sondern ihn lediglich gefunden hatte, schickte ich Linda weg und erzählte Grinella nun meine kleine Lüge.

»Haben Sie bemerkt, ob etwas fehlt?« fragte er.

»Gestohlen?«

»Nein, ob etwas fehlt – einfach nicht mehr da ist.«

Ich schüttelte den Kopf. »Ich bin ziemlich sicher, daß noch alle Ausstellungsstücke vorhanden sind. Wenn etwas von der Wand genommen wird, fällt die leere Stelle sofort auf.« Ich deutete auf den Schreibtisch. »Natürlich weiß ich nicht, ob etwas aus den Schubladen oder aus dem Lagerraum im Keller genommen wurde.«

»Gehört der Keller denn nicht zu Ihren Runden?«

»Nein, nur die Ausstellungsräume. Die Kellertür bleibt bei Nacht verschlossen.«

»Und Sie haben keinen Schlüssel?«

Ich deutete auf die Tür. »Auf der Rückseite dieser Tür hängen alle Schlüssel. Eine Sicherheitsmaßnahme für Notfälle wie Feuer und dergleichen. Ich nehme die Kellerschlüssel nie mit auf die Runde.«

Er stand auf, öffnete die Tür und betrachtete die aufgehängten Schlüssel. »Sind alle da?«

Ich konnte die Schlüssel von meinem Platz aus sehen. »Ja.«

Nickend kehrte er zu seinem Platz zurück. Er nahm die Pfeife aus dem Mund, starrte sie an und schüttelte den Kopf. »An das Ding werde ich mich nie gewöhnen.«

Er schob die gestopfte Pfeife in die Tasche und kramte eine Schachtel Marlboro hervor. »Ich versuche schon lange, diese Dinger aufzugeben. Meine Frau liegt mir damit in den Ohren. Rauchen Sie?«

»Nicht mehr.«

»Glückspilz.« Er zündete sich eine Zigarette an und lächelte. »Daheim komme ich mit der Pfeife ganz gut zurecht – aber bei der Arbeit brauche ich einfach eine Zigarette. Sie haben doch nicht die Presse verständigt, wie?«

»Nein.«

»Oder etwa das Fernsehen? In letzter Zeit gehen die Leute mehr und mehr dazu über. Früher riefen sie eine Zeitung an, heute muß es das Fernsehen sein. Na ja, so ändern sich die Zeiten.«

»Ja.«

»Die Burschen vom Fernsehen würden sich mit Kußhand auf einen solchen Fall stürzen. Ein nackter Strangulierter in einem Raum mit verschlossenen Türen. Halten Sie etwas von Publicity?«

»Nein, gar nichts«, antwortete ich.

Er grinste. »Jetzt hätten Sie Gelegenheit, vor den Kameras zu erzählen, wie Sie den Toten gefunden haben.«

»Darauf kann ich gern verzichten.«

»Na, wir werden Sie nach Möglichkeit heraushalten.«

»Danke.« Ich wußte, daß er dabei auch an sich dachte. Wenn der Mann, der den Toten gefunden hat, nicht zugegen ist, konzentriert sich die Aufmerksamkeit um so mehr auf die Kriminalbeamten, die den Fall bearbeiten.

Der andere Kriminalbeamte trat ein und warf mir einen finsteren Blick zu. »Da draußen wartet ein Anwalt auf Sie.«

Ich starrte ihn an.

»Auf mich?«

»Wozu brauchen Sie eigentlich einen Anwalt?« knurrte er.

»Ich brauche keinen. Vielleicht hat ihn die Firma hergeschickt.«

»Und wozu braucht die einen Anwalt?«

»Keine Ahnung.«

»Er wartet am Portal.«

»Danke«, murmelte ich.

Er brummte etwas und verließ den Raum.

»Ich will Ihre Zeit nicht länger in Anspruch nehmen«, sagte Grinella. »Geben Sie mir nur Ihre volle Anschrift und die Telefonnummer.«

Ich wartete, bis er Kugelschreiber und Notizbuch gezückt hatte, und machte die entsprechenden Angaben. Dann fragte ich: »Ist Ihr Partner eigentlich sauer auf mich, oder liegt das ganz einfach in seiner Natur?«

»Ich verstehe nicht ganz, was Sie damit sagen wollen«, erwiderte Grinella, ohne eine Miene zu verziehen. »Sie können übrigens nach Hause.«

»Ich weiß nicht«, murmelte ich, »mein Dienst geht bis sieben Uhr morgens.«

»Wir werden hier die ganze Nacht zu tun haben«, erklärte er. »Aber können Sie diese Frage nicht mit Ihrem Anwalt klären?«

Es war nicht ›mein‹ Anwalt, aber ich machte mir nicht die Mühe, ihn zu korrigieren. Ich nahm meine Tasche mit dem Sandwichpaket, wünschte Grinella viel Glück in seinem Feldzug gegen das Zigarettenrauchen und ging zum Portal.

Der Anwalt hieß Goldrich. Er war etwa fünfzig Jahre alt, klein, dick und ziemlich nervös. Er sah mich an und fragte: »Sind die fertig mit Ihnen?«

»Ja.«

»Na, dann kommen Sie mit. Mein Wagen steht vor der Tür.«

Mein Dienst war für diese Nacht also beendet. Ich begleitete Goldrich zu seinem Wagen, einem noch recht neuen Pontiac. Auf dem hinteren Sitz lagen alte Zeitschriften, leere Tüten, zerknüllte Zigarettenschachteln und weiterer Krimskrams. Der Aschenbecher am Armaturenbrett war so voller Kippen, daß er nicht mehr geschlossen werden konnte. Auf der Fußmatte lagen Straßenkarten und leere Konservendosen.

Goldrich ließ den Motor an und fragte: »Wo wohnen Sie?«

»In Queens.«

»Fein, dann haben wir denselben Weg. In welcher Ecke?«

Ich nannte ihm die Straße, und er erbot sich, mich vor der Haustür abzusetzen. Dann deutete er auf das Tonbandgerät zwischen unseren beiden Sitzen.

»Ehe ich das Ding einschalte, möchte ich Ihnen eine Frage stellen, die aber unter uns bleibt. Sie erleichtert es mir nur, die entsprechenden Entscheidungen zu treffen.«

Ich wartete.

Er streifte mich mit einem Seitenblick und konzentrierte sich dann wieder auf den Verkehr. Wir rollten die Second Avenue hinauf und näherten uns dem Midtown Tunnel.

»Haben Sie's getan?« fragte er.

Ich verstand ihn nicht gleich. »Was?«

»Ihn getötet.«

»Natürlich nicht.«

Er zuckte die Schultern. »Sie waren mit ihm in einem Haus eingesperrt«, sagte er. »Nur Sie beide. Es ist also gar keine so stupide Frage.«

»Jeder, der Schlüssel hat, hätte eindringen können.«

»Nur Befugte haben Schlüssel.«

»Ich bin nur ein Angestellter.«

Er sah mich erneut an und machte eine beschwichtigende Handbewegung. »Verstehen Sie mich nicht falsch. Ich habe keineswegs gesagt, daß wir Sie etwa im Stich lassen wollen. Ich möchte nur die ganze Geschichte erfahren, damit ich mich danach richten kann. Bei einer Firma wie Allied kommt es immer wieder mal zu Schwierigkeiten.«

»Ich habe ihn nicht getötet«, sagte ich. »Ich habe ihn nicht mal gekannt.«

»Fein. Dann werde ich das Gerät einschalten.«

Er betätigte den Schalter und stellte mir eine Reihe von Fragen, und ich gab ihm die entsprechenden Antworten – ohne Linda zu erwähnen. Goldrich war, wie ich den Kriminalbeamten versichert hatte, nicht mein Anwalt, sondern der Anwalt der Allied Protection Service Company und nahm folglich nicht meine Interessen, sondern die der Firma wahr.

Nachdem er das Gerät ausgeschaltet hatte, fragte ich: »Wie steht's mit morgen abend?«

»Keine Ahnung. Da müssen Sie schon Ihren Chef anrufen.«

»In Ordnung.«

Wir hatten uns nichts weiter zu sagen und fuhren schweigend zu meiner Adresse.

3

Kate war noch auf. Sie betrachtete eine Show im Fernsehen. Als ich ins Wohnzimmer kam, fragte sie: »Was gibt's denn?«

Ich hatte mir unterdessen alles gründlich durch den Kopf gehen lassen. »Im Museum ist jemand ermordet worden«, antwortete ich. »Aber ich habe nichts damit zu tun.«

»Hast du es gesehen?« Kate ist eine robuste Frau von achtunddreißig Jahren; irgendwie erinnert sie an die Frauen aus der Pionierzeit. Man konnte sie sich durchaus auf einem Planwagen in der Prärie vorstellen, und als Polizeibeamter konnte man sich keine bessere Frau wünschen. In den vergangenen drei Jahren hatte sie mir tapfer zur Seite gestanden.

»Nein, ich habe es nicht gesehen, dafür aber den Toten gefunden. Linda Campbell war bei mir.«

Da fiel mir ein, daß ich Lindas Namen soeben zum erstenmal in Anwesenheit meiner Frau genannt hatte. Sie kannte den Namen natürlich aus meinem Disziplinarverfahren, das dann zu meiner Entlassung führte – aber sie hatte mich den Namen noch nie aussprechen hören.

»Sie wollte, daß ich ihrem Mann helfe«, fügte ich hinzu. »Zuerst war sie hier vor unserem Haus, brachte es aber nicht fertig, hereinzukommen.«

Kate sah mich an. Ihr Gesicht war undurchdringlich. »Wann war sie hier?«

»Heute abend und gestern abend. Dann ist sie mir heute zum Museum gefolgt.«

»Ist ihr Mann aus dem Gefängnis entlassen worden?«

»Ja, er will eine Schlosserei aufmachen – aber er hat Schwierigkeiten mit alten Freunden.«

»Was kannst du für ihn tun?«

»Nun, ich könnte mich jedenfalls für ihn einsetzen.« Ich deutete auf den Telefonapparat. »Das werde ich mir überlegen, sobald wir alles besprochen haben.«

»Wer war der Tote? Auch ein alter Freund?«

Diese Frage zeigte mir, daß sie sich verletzt fühlte. Ich wagte nicht, sie in die Arme zu schließen, weil ich befürchten mußte, daß sie sich mir jetzt entzog. Und in letzter Zeit war das nicht mehr vorgekommen.

»Nein, es hat nichts damit zu tun – und ich habe nichts mehr mit Linda zu schaffen, Kate.«

»Es muß ein ziemlicher Schock für dich gewesen sein.«

»Das Wiedersehen mit ihr? Na ja, es hat alle Erinnerungen geweckt ... Der Polizei gegenüber habe ich sie gar nicht erwähnt. Die Beamten glauben, ich wäre allein gewesen, als ich die Leiche fand.«

»Wozu?« fragte sie stirnrunzelnd.

»Wegen der Vergangenheit. Der Mann ist ermordet worden. Wenn eine Frau zugegen war, werden sich die Beamten zweifellos mit ihrer Vergangenheit beschäftigen. Mit meiner natürlich auch.«

»Warum hast du mir dann gesagt, daß sie dabei war? Wäre es nicht einfacher gewesen, sie zu vergessen? Oder mußt du dich noch mal mit ihr treffen?«

»Nein«, erwiderte ich. »Der Polizei gegenüber habe ich gelogen, um die Sache nicht unnötig zu komplizieren. Aber dich brauche ich nicht anzulügen.«

Sie sah mich auf die gleiche Weise an, wie sie früher unseren Sohn Bill angesehen hatte, wenn er irgendeinen dummen Streich verübt hatte. »Nein?«

»Nein, mit ihr ist es endgültig vorbei«, versicherte ich.

Ihr Gesicht hellte sich ein wenig auf, und sie deutete auf die Tüte in meiner Hand. »Du hast ja noch nicht mal gegessen.«

Der Themawechsel kam mir gelegen. »Du kannst es in den Kühlschrank legen, dann nehme ich's morgen abend mit.«

»Wenn du Hunger hast, könnte ich uns etwas kochen«, sagte sie.

»Wir können auch ausgehen.«

»Es ist schon nach Mitternacht.«

»Bill kennt bestimmt ein paar Restaurants, die um diese Zeit noch offen sind. Ist er daheim?« Bill war sechzehn Jahre alt, und in diesem Alter lassen Jungen sich nur selten daheim blicken.

»Er schläft. Ich mache uns ein hübsches Abendessen.«

Sie nahm mir die Tüte ab, und als sich unsere Finger berührten, lächelten wir uns zu. Dann küßten wir uns, und sie ging in die Küche. Ich nahm den Hörer ab und rief Marty Kengelberg an, einen alten Freund, der noch bei der Polizei war. Er hatte aber keinen Dienst, und ich hinterließ meine Nummer. Dann ging ich hinauf und zog die Uniform aus.

Kate machte ein wundervolles Abendessen. Anscheinend war sie der Ansicht, wir hätten in unseren Beziehungen einen neuen Meilenstein erreicht, und diese Gelegenheit müßte gefeiert werden.

Wir aßen bei flackerndem Kerzenschein, zogen uns dann ins Bett zurück und liebten uns. Danach schlief Kate bald ein – aber ich ließ mir die Ereignisse des Abends durch den Kopf gehen und war noch hellwach, als das Telefon schrillte. Der Apparat steht auf meinem Nachttisch, und ich hob rasch den Hörer ab. Es war Marty Kengelberg. Ich bat ihn um einen Augenblick Geduld und ging ins Wohnzimmer hinunter.

»Habe ich dich etwa geweckt?« fragte er. »Hier auf dem Zettel steht...«

»Nein, ich war noch hellwach.«

»Ich sollte dich anrufen, sobald ich zum Dienst komme.«

So hatte ich es zwar nicht gesagt, aber ich ließ es dabei bewenden.

»Hast du Probleme?« fragte er.

»Nicht meinetwegen. Es handelt sich um Dink Campbell.«

Marty mußte sich erst mal erinnern, wer das überhaupt war. »Ah«, sagte er dann. »Macht er dir Ärger?«

»Nein, nein, Marty. Er will jetzt nur noch seiner Arbeit nachgehen – aber das lassen seine alten Freunde nicht zu.«

»So was soll vorkommen«, brummte Kengelberg. Die Sache schien ihn nicht sonderlich zu interessieren.

»Ich wurde gebeten, ihm zu helfen.«

Wieder blieb es eine Weile still in der Leitung. Dann fragte er: »Wer hat dich darum gebeten?«

»Linda Campbell.«

»Herrgott noch mal, Mitch...«

»Ich habe sie zum erstenmal seit drei Jahren wiedergesehen, Marty. Sie kam zu mir, weil sie nicht mehr aus noch ein wußte.«

Marty seufzte. »Und was soll ich nun unternehmen, Mitch?«

»Vielleicht könnte man sich ein bißchen um diese Burschen kümmern.«

»Erzähl' mir von ihnen.«

Ich gab ihm die Namen und was ich sonst über sie wußte.

»Darf ich dir eine Frage stellen, Mitch?«

»Selbstverständlich.«

»Es ist vielleicht ein bißchen direkt – aber erwartest du eine Gegenleistung dafür?«

Ich wußte natürlich, was er meinte. »Von Linda Campbell? Verdammt, Marty...«

»Es war ja nur eine Frage.«

»Schlag sie dir lieber gleich wieder aus dem Kopf«, brummte ich. »Die Sache mit Linda ist ein- für allemal vorbei.«

»Na, mich geht das ja nichts an.«

23

Marty hatte auch in kritischen Zeiten zu mir gestanden. Ihm hatte ich es außerdem zu verdanken, daß mir die Lizenz als Privatdetektiv ausgestellt worden war. Er war wirklich ein Freund, auf den man sich verlassen konnte.

»Ich versichere dir, Marty, daß ich mich ausschließlich für Dink einsetze.«

Wir wechselten noch ein paar Worte, dann kehrte ich ins Schlafzimmer zurück. Ich träumte von Kojoten, auf die ich in einem dunklen Kino Jagd machte.

4

Um elf stand ich auf und rief Allied an. Grazko, der Boss, sagte mir, er wüßte noch nicht, ob ich an diesem Abend zum Dienst müßte oder nicht.

»Das Museum ist heute geschlossen«, erklärte er mir. »Wenn die Polizeibeamten bis abends abziehen, werden Sie wohl Ihren Dienst antreten müssen. Ich gebe Ihnen noch endgültig Bescheid.«

»Haben sie den Mörder schon?«

»Sie haben noch nicht mal das Opfer identifiziert«, antwortete Grazko.

Das überraschte mich, denn beim heutigen Stand der Technik sollte es kaum nennenswerte Schwierigkeiten bereiten, einen Toten zu identifizieren.

»Wie schätzen sie denn sein Alter?« fragte ich.

»Auf etwa fünfundzwanzig. Möglicherweise war er ein Mex.«

Grazko hatte einige Jahre in Arizona gelebt, und alle Nichtamerikaner waren für ihn Mexikaner.

Ich rief mir das Bild des Toten in Erinnerung. Meiner Meinung nach hatte er durchaus wie ein Amerikaner ausgesehen, aber das konnte natürlich auch ein Trugschluß sein.

»Na, schließlich ist das nicht unser Problem«, sagte Grazko.

»Soll ich Sie heute nachmittag noch einmal anrufen?« fragte ich.

»Nein, es genügt, wenn Sie in Ihrer Wohnung bleiben, damit wir Sie erreichen können.«

Ich verbrachte den Nachmittag mit der Mauer. Mit dieser Mauer hatte ich begonnen, als ich seinerzeit aus dem Polizeidienst ausscheiden mußte. Es war die Therapie, die ich mir selbst verschrieben hatte.

Mit dieser Mauer wollte ich den kleinen Garten hinter unserem Haus völlig von der Außenwelt abschließen. Sie hatte weder Tür noch Fenster. Der Sockel bestand aus solidem Beton und die Mauer selbst aus Steinen. Sie sollte – falls sie je fertig wurde – etwa zehn Fuß hoch und zwei Fuß dick sein. Zur Zeit war sie gerade sechs Fuß hoch. Irgendwie widerstrebte es mir, die Mauer je fertigzustellen. In meinen Augen war sie ein Symbol.

Und an diesem Tag brauchte ich irgendeine Beschäftigung.

Grazko rief um halb fünf an und sagte, ich sollte meinen Dienst an diesem Abend wie üblich antreten. »Die Ermittlungen sind offensichtlich abgeschlossen.«

»Dann geht also alles völlig normal weiter«, murmelte ich.

»Ja, in etwa. Das Museum war zwar den ganzen Tag geschlossen, aber heute nacht soll es wie üblich bewacht werden.«

Um weitere Leichen aufzufinden, dachte ich – aber mein Verhältnis zum Boss war keineswegs so, daß ich das laut hätte aussprechen können.

Bei meinem Eintreffen war das Museum strahlend hell erleuchtet. Ich löste Muller ab, er hatte die Tagschicht. Er war bereits über sechzig, hatte dreißig Jahre als Militärpolizist bei der Armee gedient, und verdiente sich nun bei diesem Job noch ein paar Dollar zu seiner Pension hinzu.

Im Gebäude herrschte reger Betrieb. »Ich dachte, das Haus wäre heute geschlossen«, sagte ich.

»Ist es auch. Die Leute machen Inventur, um zu sehen, ob etwas fehlt.«

Die Studenten der New York University arbeiteten unter der Anleitung von zwei Professoren. Der eine, ein kleiner, schlanker Mann von etwa fünfzig Jahren, hatte sich auf amerikanische Geschichte spezialisiert. Er war nicht nur methodisch, sondern geradezu pingelig.

Der andere, Phil Crane, war von der Kunstakademie. Er war knapp vierzig Jahre alt, trug das Haar sehr lang und dazu einen wallenden Vollbart.

Beide Professoren bildeten einen scharfen Kontrast, obwohl sie sich dieser Tatsache wahrscheinlich gar nicht bewußt waren. Dennoch war ihr Einfluß auf die Studenten unverkennbar.

Ich verabschiedete mich von Muller und ging in die Halle, wo ich Professor Phil Crane vor einer Illustration aus *Village Voice* antraf.

»Hallo«, begrüßte er mich. »Sie sind Tobin, nicht wahr?«

»Ja.« Ich legte die Tüte mit meinem Abendessen ab.

Crane trat an die Kopiermaschine, die bis zu zehn Kopien anfertigte. »Das muß Ihnen gestern abend einen ziemlichen Schrecken versetzt haben.«

»Stimmt.«

»Verteufelte Sache«, brummte er. »Da kommt man völlig ahnungslos in einen Raum – und steht plötzlich vor einem Toten.«

»Na ja, wie das eben so geht«, murmelte ich.

»Haben Sie schon mal gehascht?« fragte er unvermittelt.

»Ja.« Ich erinnerte mich an eine Zeit, als Marihuana noch nicht so verpönt gewesen war.

»Hat Sie nicht beeindrucken können, was?« Er machte es absichtlich zu einer herausfordernden Frage.

»Nein, eigentlich nicht.«

Er nickte grinsend. »Haben Sie es mehr als einmal probiert?«

»Ja.«

»Und?«

»Hat einfach nicht geschmeckt.«

»Ja, das dachte ich mir«, sagte er selbstzufrieden. »Mir geht es ebenso. Alle werden high – aber ich bleibe stets mit beiden Füßen auf dem Boden.«

»Wie kommt das?« fragte ich ihn lächelnd.

»Beherrschung«, antwortete er. »Wir beide gehören zu den Typen, die sich nie aus der Ruhe bringen lassen. Sind Sie eigentlich schon mal hypnotisiert worden?«

»Nein.«

»Hat es jemand mal bei Ihnen versucht?«

Ich schüttelte den Kopf.

»Sie können es ruhig mal wagen«, versetzte er. »Es wird auf keinen Fall klappen. Sie können sich ruhig jedem Hypnotiseur anvertrauen. Nur, um zu sehen, was er dazu sagt.« Er schüttelte den Kopf und musterte die Kopiermaschine, die die einzelnen Abzüge inzwischen fertiggestellt hatte. »Mit der Hypnose verhält es sich ebenso wie mit dem Marihuana.«

»Haben Sie es schon mal probiert?«

Er grinste und schob fünf weitere Blätter in das Gerät. »Fünfmal sogar. Ich habe die armen Kerle fast zur Verzweiflung gebracht. Irgendwie hängt das mit der Kontrolle zusammen, die man über den eigenen Körper hat. Ich wette, daß Sie bei der Entdeckung des Toten äußerst ruhig waren.«

Ich lächelte bei der Erinnerung an jenen Augenblick. »Na, ganz so ruhig nun auch wieder nicht.«

»Nein? Sie sind jedenfalls ganz der Mann, der sich durch so etwas nicht aus der Ruhe bringen läßt.«

»Zuviel der Ehre.«

Unvermittelt schien er das Interesse an der Unterhaltung zu verlieren. Er schaltete das Gerät aus, klemmte sich die Kopien unter den Arm, lächelte mir noch einmal zu und verließ den Raum.

Eine Minute später ging ich ebenfalls hinaus. Crane und Ramsey unterhielten sich am Vordereingang. Ramsey wandte sich an Muller und erklärte ihm, daß die Inventur während der nächsten zwei bis drei Tage fortgesetzt würde. Dann wandte er sich mir zu.

»Sie sind Tobin, nicht wahr?«

»Stimmt.«

»Der Wachmann, der den Toten gefunden hat?« Er war offensichtlich ein Mann, der jede Tatsache festhalten wollte.

»Stimmt«, sagte ich noch einmal.

»Sie scheinen die Dinge recht gut in die Hand genommen zu haben.«

»Ich brauchte ja nur die Polizei zu verständigen.«

»Dennoch haben Sie sich angesichts der Umstände bemerkenswert ruhig verhalten.«

Er schrieb mir also die gleichen Eigenschaften zu wie Crane.

Zweifellos war es als Kompliment gemeint, ging mir aber trotzdem irgendwie gegen den Strich. »Danke«, murmelte ich.

Er sah sich nach allen Seiten um. »Erstaunlich, wie er hier hereinkommen konnte.«

»Jemand hat wohl einen Schlüssel gehabt«, sagte ich. »Entweder zum Haupteingang oder zur Seitentür.«

Er schüttelte nachdrücklich den Kopf. »So leichtsinnig gehen wir mit den Schlüsseln nicht um. Beispielsweise hat kein Student einen Schlüssel.«

»Nun, dann dürfte die Polizei bei den Ermittlungen ja leichtes Spiel haben.«

»Aber niemand kennt den Mann«, versetzte er. »Sind Sie ganz sicher, daß diese Tür verschlossen war?«

»Ja, alle drei Schlösser«, antwortete ich.

»Und Sie haben niemanden eingelassen?«

Ich mußte an Linda denken, und das war nicht gerade sehr beruhigend. »In dem Fall hätte ich es den Beamten gegenüber nicht verschwiegen«, brummte ich.

Er sah mich an, als wüßte er nicht recht, ob er diese Frage nun abhaken konnte oder nicht. Dann zuckte er die Schultern. »Na schön, dann wollen wir alles weitere der Polizei überlassen.«

Er wandte sich ab, und Muller verabschiedete sich. Ich sperrte die drei Schlösser hinter ihm zu und vergewisserte mich, daß alle Türen und Fenster geschlossen waren.

Der Raum, in dem ich den Toten gefunden hatte, war inzwischen gründlich gereinigt worden. Ich wanderte ruhelos durch die einzelnen Räume und versuchte, ein wenig Ordnung in meine Gedanken zu bringen.

Vor allem dachte ich über den Toten nach, und dabei ergaben sich zwangsläufig die beiden typischen Fragen: Wer hatte ihn ermordet – und warum?

Da schlossen sich auch schon weitere Fragen an. Warum war er beispielsweise splitternackt gewesen? Warum konnte er nicht identifiziert werden? Warum war er nach dem Mord ausgerechnet hierher gebracht worden? Warum hatte der Mörder ihn gründlich gewaschen? Und warum war er in den ersten Stock und gerade in diesen Raum gebracht worden, statt ihn einfach neben dem Eingang abzulegen?

Vielleicht hatte der Mörder auf diese Weise seine Spuren verwischen wollen. Schließlich war es kein besonderes Problem, sich einen Wachsabdruck von den Schlüsseln zu beschaffen.

In erster Linie beschäftigte mich die Frage, auf welchem Weg der Tote hereingeschafft worden war. An der Tür zur Kellertreppe blieb ich stirnrunzelnd stehen. Da es keinen direkten Weg vom Keller zur Straße gab, schied diese Möglichkeit aus. Dennoch starrte ich die Tür eine ganze Weile an. Ich war noch nie in den Keller gegangen – doch heute wollte ich eine Ausnahme machen.

Dieses Gebäude an der Upper East Side von Manhattan war vor der Jahrhundertwende gebaut worden, als das Gelände noch nicht in den Stadtbezirk einbezogen war. Vor etwa fünfzehn Jahren hatte dann das Museum das Haus übernommen und gründlich renovieren lassen.

Ich wußte nur, daß irgendeine Stiftung die angefallenen Kosten gedeckt hatte.

Ich öffnete die Tür zur Kellertreppe und ging hinunter. Die beiden Fenster an der Straßenfront waren von innen vergittert. Der Keller war in drei Räume aufgeteilt. Altes, unbrauchbares Material stand herum.

Im Nebenraum waren Heizung und Klimaanlage untergebracht. Alles machte einen sauberen, aufgeräumten Eindruck.

Die letzte Tür führte in eine Art Werkstatt. An der Decke hing eine Neonröhre. Hier wurden augenscheinlich die Ausstellungsstücke vorbereitet, das ging schon aus der ganzen Einrichtung hervor.

Fasziniert starrte ich auf die einzelnen Arbeitstische. Der Geruch der Chemikalien war mir natürlich vertraut, aber mit den feinen, fast zerbrechlich wirkenden Werkzeugen auf den Tischen wußte ich beim besten Willen nichts anzufangen.

Anscheinend war es eine recht schmutzige Arbeit, denn an einem Türhaken hingen verschiedene Lumpen mit Schmutzflecken.

Ich schaltete das Licht wieder aus und ging die Treppe hinauf. Als ich die Kellertür absperrte, wurde der Lichtkegel einer Taschenlampe auf mich gerichtet. Sogleich schaltete ich meine eigene Stablampe ein. Zum erstenmal bedauerte ich es, daß mir auf diesem Posten keine Waffen zur Verfügung standen.

»Wer, zum Teufel, ist das?« fragte eine Stimme.

Im Lichtstrahl meiner Taschenlampe erkannte ich Polizeidetektiv Grinella und seinen Partner. »Schalten Sie die Lampe aus und kommen Sie ins Büro«, sagte ich.

Sie traten ein, und Grinellas Partner fragte: »Wo waren Sie?«
»Unten«, antwortete ich. »Haben Sie geklopft?«
»Wir haben fast die Tür eingetreten«, erwiderte Grinella gemütlich.
»Ich habe nichts gehört, weil ich unten im Keller war.«
»Wir haben uns selbst Zutritt verschafft«, erklärte Grinella.
»Gehört das auch zu Ihren Dienstrunden, Tobin?« fragte sein Partner.
»Nein. Ich kenne zwar den Namen Ihres Partners, aber nicht Ihren.«

Die Frage schien ihn zu überraschen, denn er zögert sichtlich, ehe er sich zu einer Vorstellung bequemte. »Ich bin Polizeidetektiv Hargerson.« Er sagte das so, als wäre ich durch diese eine Frage plötzlich in seiner Achtung gestiegen.

»Der Keller gehört also nicht zu Ihrer offiziellen Runde?« wiederholte er.
»Nein.«
»Und was haben Sie da unten gemacht?«
»Ich wollte mir die Kellerräume aus lauter Neugier einmal ansehen.«
»Wegen des Toten?«
»Mag sein.«
»Sie wollen sich wohl wie die Privatdetektive im Fernsehen aufspielen, was? Und dabei den Mörder eigenhändig zur Strecke bringen, wie?«
»Wohl kaum«, gab ich zurück. »Das ist nicht meine Aufgabe.«
»Merkwürdig«, schaltete Grinella sich ein. »Gerade heute abend regt sich die Neugier in Ihnen, und Sie müssen sich die Kellerräume ansehen.«
»So merkwürdig ist das gar nicht«, entgegnete ich. »Ich habe gestern abend einen Toten in diesem Haus gefunden – und damit sieht alles ganz anders aus.«
»Sie haben ihn aber oben gefunden«, gab Grinella zu bedenken. »Heute abend sind Sie jedoch in den Keller gegangen.«

»Worauf wollen Sie eigentlich hinaus?« fragte ich. »Ich wollte mir einfach mal die Kellerräume ansehen, das war alles.«

Grinella wechselte das Thema. »Wir sind heute aus einem ganz bestimmten Grund hergekommen. Uns wurde nämlich gemeldet, daß gestern abend gegen elf Uhr eine Frau aus diesem Haus gekommen ist.«

Wie würde ein unschuldiger Mann darauf reagieren? Stirnrunzelnd versuchte ich es mit einer Gegenfrage: »Aus diesem Haus?«

»Ja, das war etwa zu dem Zeitpunkt, als Sie das Auffinden des Toten meldeten«, antwortete Grinella.

»Glauben Sie etwa, diese Frau hätte den Toten hergebracht?« Ich wollte ihm die Suppe gründlich versalzen. »Dann muß sie schon ziemlich kräftig gewesen sein, was? Ich meine, für eine Frau ist es gar nicht so einfach, einen Toten ins obere Stockwerk zu schleppen.«

»Daraus ergibt sich automatisch die Frage, ob sie es wirklich allein bewerkstelligt hat«, warf Hargerson ein.

»Sie haben diese Frau also nicht gesehen?« fragte Grinella.

»Wenn ich jemanden gesehen hätte, hätte ich es Ihnen schon gestern abend gesagt.«

»Na schön.« Er nickte vor sich hin. »Ich wollte mich nur noch einmal vergewissern.«

»Ich habe keine Frau gesehen«, wiederholte ich.

Grinella streifte Hargerson mit einem Seitenblick und wandte sich wieder mir zu. »Es könnte natürlich auch ganz anders sein.«

»Inwiefern?« fragte ich.

»Na ja. Sie sind hier allein und haben eine lange Nacht vor sich. Läßt sich doch denken, daß Sie sich eine Freundin halten, von der Ihre Frau nichts erfahren soll.«

Ich schüttelte den Kopf.

Er fuhr grinsend fort: »Augenblick. Lassen Sie mich ausreden. Nehmen wir mal an, Sie hätten diese Freundin tatsächlich. Sie beschäftigen sich mit ihr und überhören dabei, daß jemand ins Haus kommt und den Toten oben ablegt. Sie finden später die Leiche, schicken Ihre Freundin weg und verständigen die Polizei. Dann sagen Sie einfach, Sie wären hier allein gewesen.«

»Natürlich hätte es so sein können«, pflichtete ich ihm bei. »Aber es war nicht so.«

»Eine Frau ist beim Verlassen dieses Hauses gesehen worden«, wiederholte Hargerson.

Ich blickte ihm in die Augen. »Steht das einwandfrei fest, oder ist es vielleicht nur eine Vermutung?«

»Wir müssen diese Meldung jedenfalls in Betracht ziehen«, antwortete Grinella. »Und deshalb müssen wir herausfinden, ob diese Frau etwas mit dem Toten zu schaffen hatte, oder ob sie lediglich eine Freundin war, die Ihnen hier den langen Nachtdienst verkürzen wollte. Verstehen Sie?«

»Natürlich.«

»Wir sind doch alle drei Männer von Welt«, versetzte Grinella. »Warum schenken Sie uns nicht reinen Wein ein, wenn die Theorie mit der Freundin stimmt? Wir sichern Ihnen absolute Diskretion zu. Damit könnten sie uns viel Mühe ersparen.«

Mit diesem Angebot hatte ich natürlich gerechnet, und so konnte es mich nicht überraschen. Allerdings sah es etwas anders aus, als Grinella mir weismachen wollte. Sie würden keine Ruhe geben, bis sie den Namen der Frau herausgebracht hatten. Zwangsläufig würden sie damit auch dem vielfach vorbestraften Dink auf die Spur kommen, und das alles konnte mir natürlich nicht in den Kram passen.

»Ich habe Ihnen von Anfang an die Wahrheit gesagt«, erwiderte ich. »Ich war in der vergangenen Nacht allein hier im Haus und hatte keine Frau bei mir.«

»Und heute abend sind Sie nicht mal auf Ihrem Posten, sondern kriechen irgendwo in den Kellerräumen herum«, sagte Hargerson. »Vielleicht warten Sie wieder auf Ihre Freundin; vielleicht sind Sie in sexueller Beziehung unersättlich.«

Ich lachte. »Danke für das Kompliment.«

Er grunzte vor sich hin und streckte die Hand aus. »Geben Sie mir mal den Kellerschlüssel!«

Ich gab ihm den Schlüssel, der noch in meiner Tasche steckte, und er verschwand damit.

Ich wandte mich an Grinella. »Sucht Ihr Partner allen Ernstes eine Frau im Keller?«

»Sieht ganz so aus«, antwortete Grinella ruhig.

Ich schüttelte den Kopf.

»Wie ich gehört habe, waren Sie früher mal unser Kollege«, sagte er nach einer Weile.

Ich fragte mich unwillkürlich, ob er vielleicht Einblick in meine Personalakte genommen hatte. »Stimmt«, brummte ich.

»Hat Ihnen der Schichtdienst nicht gepaßt?« fragte er und zeigte mir damit, daß er sich noch nicht mit den Akten beschäftigt hatte.

»Ich hatte Schwierigkeiten privater Natur«, erwiderte ich.

»Aha.« Er nickte. »Mir und meiner Frau machen die vielen Stunden Nachtdienst auch zu schaffen. Kaum haben wir uns an eine Schicht gewöhnt, da werde ich schon wieder für eine andere eingeteilt.«

»Ja, ich kenne das.« Ich dachte an die achtzehn Jahre, die ich auf verschiedenen Revieren verbracht hatte; es war alles andere als rosig gewesen.

»Sind Sie eigentlich mit diesem Job hier zufrieden?« fragte Grinella.

»Ich kann mich nicht beklagen.«

Während der nächsten zehn Minuten unterhielten wir uns über recht belanglose Dinge, und dann kam Hargerson ins Büro zurück. Er wandte sich an Grinella: »Hast du mich gehört?«

»Nein.«

»Okay.« Statt mir den Kellerschlüssel zurückzugeben, warf Hargerson ihn auf den Schreibtisch. »Dann können wir ja wieder gehen.«

»Sie sind also in den Keller gegangen und haben dort gerufen, um festzustellen, ob Sie von hier aus gehört werden können«, versetzte ich.

Er starrte mich an. »Na und?«

»Ich meine, Sie hätten sich schließlich auch auf mein Wort verlassen können.«

Er vergrub die Hände in den Hosentaschen und starrte mich weiter an. »Da wir es schon so genau nehmen, möchte ich mich über Ihren Namen noch einmal vergewissern. Sie heißen also Mitch Tobin?«

»Stimmt.«

»Vorbestraft?«

»Blöde Frage«, knurrte ich. »Wollen Sie mich mit aller Gewalt beleidigen?«

»Ich tue nur meine Pflicht«, erwiderte er.

Ich sah Grinella an. »Ich hatte immer Glück mit meinen Partnern.«

»Ich auch«, versetzte er lachend.

Ich begleitete sie zum Portal, ließ sie hinaus und sperrte die drei Türschlösser wieder zu. Dann kehrte ich ins Büro zurück und dachte über meinen letzten Satz nach. Jock Sheehan hatte aber mit *mir* als Partner wirklich kein Glück gehabt.

Ich konnte mir vorstellen, daß Hargerson jetzt sofort in meiner Personalakte nachsehen würde. Und damit mußte er einen neuen Trumpf in die Hand bekommen.

Mißmutig machte ich die nächste Runde und kehrte erneut ins Büro zurück. Wenn der Mörder sein Opfer doch nur irgendwo anders hingebracht hätte. Wenn ich nur irgendeine andere Stellung angetreten hätte als ausgerechnet bei Allied. Wenn Linda nur an einem anderen Abend zu mir ins Museum gekommen wäre, um mich um einen Gefallen zu bitten.

Doch mit allen diesen Wenn und Aber kam ich keinen Schritt weiter.

Ich saß im Büro und starrte finster vor mich hin.

5

Der nächste Tag war Sonnabend, der erste meiner drei freien Tage. Seit dem vergangenen Frühling und den ganzen Sommer hindurch hatten Kate und ich es uns zur Gewohnheit gemacht, dann nach New England oder Pennsylvania zu fahren. Unsere Ehe war bei meiner Entlassung aus dem Polizeidienst nicht gerade gescheitert – aber sie war gewissermaßen auf der Stelle stehengeblieben. Zwei Jahre hindurch waren unsere gegenseitigen Beziehungen wie eingefroren.

Kate hatte diese Ausflüge angeregt, und sie trugen wesentlich dazu bei, uns über den Berg zu helfen. Bill ist inzwischen alt genug, ein paar Tage allein zu bleiben.

Diesmal fuhren wir zum Lake Champlain an der kanadischen Grenze. Jetzt im Oktober war die Saison so gut wie vorüber, aber die Bäume in den Bergen boten einen wundervollen Anblick. Außerdem war es viel angenehmer ohne die Touristenscharen, die sich hier während der Sommermonate breitmachten.

Wir kehrten am späten Montagabend zurück, und während der letzten dreihundert Meilen schlief Kate auf der hinteren Sitzbank. Bill hatte einen Zettel auf dem Küchentisch hinterlassen, daß ich am Morgen sofort Allied anrufen sollte.

Eigentlich hatte ich mich wegen der bevorstehenden Nachtschicht auf einen ausgedehnten Schlaf bis zur Mittagszeit eingestellt – aber nun blieben mir nur knapp vier Stunden Schlaf. Ich stand kurz nach acht auf und rief gegen neun bei Allied an.

»Wo haben Sie denn gesteckt?« fragte Grazko gereizt.

»Ich war auf einem Ausflug in der Nähe von Plattsburg.«

»Kommen Sie um halb elf ins Büro. Wir müssen ein paar Probleme lösen.«

»In Ordnung«, erwiderte ich, schenkte mir noch eine Tasse Kaffee ein und fuhr gegen zehn mit der U-Bahn nach Manhattan. Vier Minuten vor der verabredeten Zeit betrat ich das Büro in der Lexington Avenue.

Anwalt Goldrich saß bei Grazko im Zimmer. Sie sahen mich beide wie einen Fremden an, von dem sie sich nicht viel versprachen.

»Na, endlich sind Sie hier«, brummte Grazko. »Setzen Sie sich, setzen Sie sich.«

»Ich bin immer noch vier Minuten zu früh dran«, entgegnete ich.

Er machte eine ungeduldige Handbewegung. Grazko hatte eine große, stattliche Figur, die in allem dem Gardemaß entsprach. Dazu ein kantiges Gesicht und kurzgeschorenes, graues Haar. Alles in allem wirkte er wie eine zum Leben erwachte Kratzbürste.

»Die Situation hat sich wesentlich kompliziert«, sagte Goldrich. »Es wird höchste Zeit, daß wir alle die Karten offen auf den Tisch legen.«

»Einverstanden«, sagte ich.

»Haben Sie uns etwas anzuvertrauen?« fragte Goldrich.

»In welcher Beziehung?«

»Es würde strikt unter uns bleiben«, versicherte er.

»Zum Beispiel die Sache mit der Frau«, schaltete Grazko sich ein.

Ich sah ihn an. »Die Frau, wegen der mich die beiden Kriminalbeamten schon ausgequetscht haben?«

»Wir geben unseren Kunden eine Sicherheitsgarantie«, erinnerte Grazko.

Was mochten sie inzwischen herausbekommen haben? Wenn man sich einmal auf eine Lüge eingelassen hat, darf man unter keinen Umständen davon abgehen.

»Es war keine Frau bei mir«, antwortete ich. »Vielleicht spukt so etwas in den Köpfen der Beamten herum – aber Sie kennen mich schließlich besser.« In diesem Augenblick wünschte ich von ganzem Herzen, die Lüge wäre mir erspart geblieben. Letzten Endes ging es ja um die Aufklärung eines Mordfalles.

»Die Frau ist unwichtig, darum dreht es sich gar nicht«, sagte Goldrich.

Grazko wandte sich ihm zu und machte wieder eine ungeduldige Handbewegung. »Was sollte er denn von der anderen Sache wissen? Er arbeitet doch erst seit drei Wochen für uns.«

»Vielleicht ist er darauf angesprochen worden«, entgegnete Goldrich. Er wandte sich wieder an mich. »Ich kann durchaus verstehen, daß Sie nicht in diese Sache verwickelt werden wollen – aber Sie begehen einen großen Fehler, wenn Sie etwas verbergen. Allied wird Sie soweit wie möglich decken, aber nur, wenn Sie uns gegenüber rückhaltlos offen sind.«

»Ich habe nichts zu verbergen«, antwortete ich.

Grazko blickte auf die Uhr und sagte: »Wir müssen uns bald auf den Weg machen.«

»Wir haben noch Zeit«, erwiderte Goldrich. Er sah mich eine Weile brütend an und schüttelte dann den Kopf. »Ich wünschte, Sie wüßten etwas – aber ich glaub's nicht mal.«

»Danke.«

»Wir sitzen ganz schön in der Tinte«, knurrte Grazko.

»Ja, so was soll vorkommen«, gab Goldrich zurück. »Keine Firma bleibt davon verschont.«

Grazko stand seufzend auf. »Okay, okay. Dann wollen wir uns auf den Weg machen.«

»Soll ich mitkommen?« fragte ich.

»Sicher«, brummte er. »Was glauben Sie denn, wozu wir Sie herbestellt haben?«

»Um meine Ehrlichkeit auf die Probe zu stellen.«

Grazko sah mich ungeduldig an, aber jetzt schaltete sich Goldrich wieder ein. »Darum geht es gar nicht, Mitch. Ich darf Sie doch Mitch nennen?«

Ich nickte ein bißchen widerstrebend.

»Mitch«, fuhr er fort, »die Situation ist alles andere als rosig. Schließlich haben wir alle unsere Fehler, und wir hofften, daß Sie uns ein Stück weiterhelfen könnten. Niemand hat etwas gegen Sie, Mitch, das kann ich Ihnen versichern.«

Grazko blickte erneut auf die Uhr. »Wir müssen uns aufmachen!« knurrte er. »Die Polizeibeamten haben gesagt, um elf Uhr, und ich möchte nicht zu spät eintreffen.«

»Wollen Sie mich nicht wenigstens einweihen, ehe mich die Kriminalbeamten einem neuen Verhör unterziehen?« fragte ich Goldrich.

»Ach was, die werden nur ein paar beiläufige Fragen stellen«, antwortete er. »Machen Sie sich deswegen keine Sorgen, denn schließlich werde ich in diesem Fall auch als Ihr Anwalt zugegen sein.«

»Können Sie mir nicht trotzdem zumindest eine kleine Andeutung machen, worum es eigentlich geht?«

»Das werden Ihnen schon die Beamten sagen«, knurrte Grazko ungeduldig.

»Nein«, entgegnete ich. »Ich will nicht völlig unvorbereitet in die Sache hineinschlittern.«

»Sie können sich auf uns verlassen«, versprach Goldrich. »Wir stehen in jedem Fall hinter Ihnen.«

»Nach Ihrer bisherigen Haltung möchte ich gar nicht, daß Sie hinter mir stehen. Ich will endlich wissen, was gespielt wird.«

»Wir kommen zu spät«, knurrte Grazko.

»Wenn Sie kein Vertrauen mehr zu mir haben, können Sie mich ja auf der Stelle entlassen«, versetzte ich.

»Das ist es nicht . . .« Grazko brach unvermittelt ab und gab dem Anwalt ein Zeichen. »Sagen Sie's ihm, um Himmels willen, damit wir die Sache endlich hinter uns bringen.« Er stürmte aus dem Büro und knallte die Tür hinter sich ins Schloß.

Goldrich lächelte mir verständnisvoll zu. »Er ist erregt, weil Allied bei einem verhängnisvollen Fehler erwischt wurde. Ihnen gegenüber wollte er das natürlich nicht eingestehen.«

»Was ist denn passiert?«

»Na ja, es sind verschiedene Sachen aus dem Museum gestohlen worden.«

Ich sah ihn stirnrunzelnd an. »Seit Freitag?«

»Du lieber Himmel, nein. Schon seit Monaten oder sogar seit Jahren. Nach Aussage der Museumsbeamten muß dieses Treiben seit mindestens sechs Monaten gehen, denn es sind allerlei komplizierte Arbeiten damit verbunden.«

Ich schüttelte den Kopf. »Am Freitag war noch alles da. Das hat die Inventur am Freitagabend einwandfrei ergeben.«

»Fälschungen«, erklärte Goldrich. »Es ist zwar noch nicht genau überprüft worden, wie hoch der Schaden ist, aber die Sachverständigen meinen, daß mindestens die Hälfte der Ausstellungsstücke nur Kopien sind.«

»Großer Gott!«

»Und was die ganze Sache noch schlimmer macht, ist die Tatsache, daß all diese Kopien unmittelbar im Museum angefertigt wurden.«

»Spielen Sie damit auf den Arbeitsraum im Keller an?«

»Ja, und auf die Kopiermaschine im Büro.«

Ich dachte daran, wie Phil Crane sich an jenem Abend dieser Maschine bedient hatte. Gleichzeitig erinnerte ich mich, daß ich dieses Gerät während meiner ersten Schicht aus Neugier selbst ausprobiert hatte. Die Kopien waren wesentlich dunkler, das Papier stärker.

»Mit derartigen Kopien ist kaum was anzufangen«, versetzte ich.

»Na ja, es war sicher nicht ganz einfach«, räumte Goldrich ein. »Offensichtlich sind die Originale aus den Rahmen genommen, zunächst kopiert und die Kopien dann mit allerlei Chemikalien bearbeitet worden, so daß sie schließlich kaum noch von den Originalen zu unterscheiden waren.«

»Das dürfte kaum möglich sein«, widersprach ich. »Das Papier der Kopiermaschine ist ungewöhnlich dick – im Gegensatz zu den Ausschnitten aus alten Magazinen.«

»Spielt doch keine Rolle«, entgegnete Goldrich. »Das Blatt kam doch hinter Glas und brauchte dem Original nur ähnlich zu sehen.«

Ich nickte. »Da haben Sie auch wieder recht.«

»Nach der Bearbeitung brauchte die Fälschung dann nur noch an der Stelle aufgehängt zu werden, wo früher das Original gehangen hatte.«

»Damit ist eine ganze Menge Arbeit verbunden«, sagte ich. »Und wieviel können die Fälscher schon an diesen Originalen verdienen?«

»Nach Angaben des Museums handelt es sich bei den durchschnittlichen Stücken um einen Betrag von gut hundert Dollar. Natürlich sind auch einzelne Stücke darunter, die bis zu zwei- oder dreitausend Dollar wert sind.«

»Für einen Ausschnitt aus einer alten Illustrierten?«

Goldrich nickte. »Die Dinger sind auf dem Markt nicht mehr zu haben. Es gibt darunter tatsächlich wertvolle Stücke.«

»Und ohne diesen unbekannten Toten wäre das alles vielleicht noch jahrelang verborgen geblieben«, sagte ich.

»Stimmt genau.«

Unwillkürlich fragte ich mich, ob vielleicht irgendein Zusammenhang zwischen dem Mörder und den Fälschern bestand.

»Ist der Tote inzwischen identifiziert worden?« fragte ich.

»Meines Wissens nicht.« Goldrich lehnte sich auf seinem Stuhl zurück und hakte die Daumen unter den Gürtel. »Und nun werden Sie Grazkos Aufregung wohl verstehen.«

Darüber hatte ich noch gar nicht nachgedacht. »Natürlich«, murmelte ich. »Diese Fälschungen wurden schließlich ausgefertigt, während Allied das Museum bewachte.«

»Ja, und das viele Monate lang.«

»Ich bin letzte Woche in den Keller gegangen«, sagte ich. »Die Räume unten liegen so isoliert, daß man keinen Laut hören kann.«

»Das hat es den Fälschern natürlich erleichtert«, versetzte Goldrich. »Die Kopien wurden direkt unter der Nase von Allied gemacht.«

»Auch unter meiner Nase«, gab ich zu bedenken. »Zumindest während der drei vergangenen Wochen.«

»Nur schade, daß der Fälscher nicht auch am Werk war, als Sie in der vergangenen Woche in den Keller gingen.«

»Wahrscheinlich hat er die Arbeit eingestellt, solange die Ermittlungen über den Mordfall laufen.«

»Ja, wahrscheinlich.«

Mir fiel ein, wie ich die einzelnen Ausstellungsstücke im Lichtkegel meiner Taschenlampe betrachtet hatte.

»Aber es wäre mir doch bestimmt aufgefallen, wenn auch nur ein einziges Stück an der Wand gefehlt hätte«, erklärte ich. »Eine leere Stelle kann man einfach nicht übersehen.«

Goldrich schüttelte den Kopf. »Vermutlich haben sie die betreffende Stelle mit einem anderen Stück aus dem Magazin getarnt. Da unten wurden bestimmt ständig neue Stücke zusammengestellt. Sie brauchten nur eins davon in einen Rahmen zu schieben und aufzuhängen.«

»Es sei denn, daß einer der Angestellten von Allied mit den Fälschern unter einer Decke steckte«, warf ich ein.

»Sehen Sie?« Goldrich lächelte ein wenig. »Eine vollkommen logische Vermutung. Allerdings glauben Grazko und ich nicht so recht daran.«

»Was ist eigentlich aus dem Mann geworden, dessen Stelle ich eingenommen habe? Hat er von sich aus gekündigt?«

»Leider kann ich Ihnen darüber nicht viel sagen. Er hieß Edwards, und als seine Frau erkrankte, wollte er nur noch Tagdienst verrichten. Daraufhin haben wir ihn bei einem Kürschner in der Stadt eingesetzt.« Goldrich stach mit dem Zeigefinger auf mich ein: »Lassen Sie sich von mir einen guten Rat geben und kommen Sie nicht in Grazkos Anwesenheit auf diesen Punkt zurück. Er nimmt sich die ganze Sache ohnehin schon viel zu sehr zu Herzen.«

»Verständlich.«

Goldrich stand seufzend auf. »Jetzt werden wir wirklich zu spät kommen, und das wird seine Aufregung noch steigern. Haben Sie noch weitere Fragen?«

»Im Augenblick nicht«, antwortete ich.

6

Das Museum war an diesem Vormittag zwar für die Öffentlichkeit geschlossen, dennoch herrschte reger Betrieb in allen Räumen. Da ich erst seit drei Wochen hier war und noch dazu ständig Nachtdienst gehabt hatte, kannte ich die einzelnen Leute natürlich nicht – konnte mir aber unschwer vorstellen, wer sie waren. Die grauhaarigen Männer in den Straßenanzügen waren zweifellos Kustoden oder sonstige Angestellte des Museums. Die jungen Leute waren ebenso zweifellos Studenten.

Einige Männer in ziemlich abgetragenen Anzügen mußten die Vertreter der verschiedenen Versicherungsgesellschaften sein. Kriminalbeamte waren natürlich auch zur Stelle, und unter ihnen erkannte ich Grinella und Hargerson. Phil Crane und Ernest Ramsey hatten sich ebenfalls eingefunden.

Wir waren genau um elf im Museum eingetroffen. Unterwegs war zwischen uns kein weiteres Wort gewechselt worden.

Insgesamt waren meiner Schätzung nach etwa fünfzig Personen in kleinen Gruppen anwesend. Niemand schien recht zu wissen, was sich hier eigentlich abspielte.

Ich mußte immer wieder an die Werkstatt im Keller denken und rief mir in Erinnerung zurück, wie ich die einzelnen Kellerräume an jenem Abend vorgefunden hatte. Ich versuchte, mich auf die Vorgänge hier in der Ausstellung zu konzentrieren, meine Gedanken schweiften aber immer wieder ab. Allmählich kam ich mir wie der Sand in einer Auster vor. Die Frage war nur, ob ich auch wie eine Auster eine Perle produzieren konnte.

Im Nebenraum ertönte eine laute Männerstimme: »Wollen Sie bitte alle hereinkommen?«

Wir folgten der Aufforderung. Am hinteren Ende des Raumes stand auf der Polsterbank ein uniformierter Polizist – kein gewöhnlicher Streifenbeamte, sondern ein Inspektor mit goldbetreßter Mütze.

Er blickte suchend durch den Raum. »Sind jetzt alle hier?«

Er ließ ein paar Sekunden verstreichen und fuhr dann fort: »Also gut. Mein Name ist Stanton, Inspektor William Stanton.« Er hielt erneut inne. Vielleicht glaubte er, daß sein Name diesem oder jenem von uns etwas sagte. »Die meisten von Ihnen wissen, worum es hier geht. Um alle Mißverständnisse zu vermeiden, will ich Ihnen einen kurzen Überblick geben.«

Er sprach lediglich von den Fälschungen und vermied es, den unbekannten Toten auch nur mit einem Wort zu erwähnen.

Ich stand im Hintergrund, und meine Gedanken wanderten wieder zu der Werkstatt im Keller. Als ich mich umsah, fiel mein Blick auf eine zerknüllte Zigarettenschachtel im Sandkasten, die neben einigen Kippen lag.

Es war die Sorte Maverick – anscheinend die kanadische Bezeichnung für Marlboro. Darüber hatte ich ein paar Spots im Werbefernsehen gesehen.

Inspektor Stanton schloß seinen Überblick. Augenscheinlich war es ihm auf der wackeligen Polsterbank nicht ganz geheuer.

»Es dürfte lediglich eine Frage der Zeit sein, die Schuldigen zu ermitteln«, schloß er. »Alle, die mit diesem Museum in Verbindung stehen, befinden sich hier im Raum. Ich möchte von Anfang an klarstellen, daß wir Sie nicht verdächtigen, sondern als potentielle Zeugen ansehen. Es ist durchaus möglich, daß niemand von Ihnen die Wahrheit kennt. Doch vielleicht sind manchen von Ihnen Tatsachen bekannt, die er an sich für unwesentlich hält. Wir werden dann all diese Fakten zusammenfassen. Jeder von Ihnen wird gebeten, seine Aussage zu machen und zu unterzeichnen. Ferner geben Sie bitte an, wo Sie zu erreichen sind, falls wir weitere Fragen haben.«

Er teilte sechs Beamte in Zivil für die Vernehmungen ein. Dann kletterte er mit sichtlicher Erleichterung von der Polsterbank herunter. Es stellte sich heraus, daß alle Leute von Allied in einem Raum im ersten Stock von Grinella und Hargerson vernommen werden sollten.

Es war der Raum, in dem ich die Leiche gefunden hatte. Wir neun von Allied versammelten uns, und es kamen noch zwei Studentinnen hinzu. Ich kannte die meisten Angestellten von Allied: Tendler und Twain halfen Muller bei der Tagschicht. Daniels arbeitete an den Wochenenden, wenn das Museum geschlossen war, und O'Keefe versah die Nachtschicht an meinen drei freien Tagen. Dann war da noch mein Vorgänger Edwards.

Dieser Mann interessierte mich ganz besonders, denn von allen hätte er die beste Gelegenheit gehabt, etwas von den Vorgängen im Museum zu bemerken. Ein Blick genügte, mir zu zeigen, daß er bestimmt nicht die Hand im Spiel gehabt hatte. Er war ein dürres Männchen von über Sechzig, mit blassen blauen Augen, einem klappernden Gebiß, und jammerte ständig über seine kränkelnde Frau und die rücksichtslosen Kinder. Diese Kinder waren allesamt schon über dreißig und führten ihr eigenes Leben in Kalifornien.

Goldrich bestand darauf, bei allen Vernehmungen zugegen zu sein, und sobald Inspektor Stanton erst damit einverstanden war, konnte die Sache endlich losgehen.

Die beiden Mädchen kamen zuerst an die Reihe, waren schon nach drei Minuten fertig und liefen kichernd die Treppe hinunter. Ich fragte mich unwillkürlich, ob sie sich wohl bewußt waren, daß sie gerade in einem Raum gesessen hatten, in dem ein Toter gefunden worden war.

Inspektor Stanton kam während der Vernehmungen wiederholt herein, hörte ein paar Minuten zu und ging dann weiter.

Es war alles reine Routine. Als ich an die Reihe kam, stellten sie mir die üblichen Fragen, und ich gab die entsprechenden Antworten. Weder der Tote noch meine Besucherin wurden mit einer Silbe erwähnt.

»Sie waren doch auch mal bei der Polizei, Tobin«, sagte Stanton nach Abschluß der Vernehmung.

»Ja, das stimmt.«

»Ich habe mir Ihre Personalakte angesehen.«

Ich warf einen Blick auf Hargerson, denn nur er konnte mir diese Suppe eingebrockt haben. Hargerson saß über seine Notizen gebeugt.

»Nach Lage der Dinge hat es mich überrascht, daß Ihnen eine Lizenz als Privatdetektiv ausgestellt wurde«, sagte Stanton. »Da habe ich mich etwas näher mit der Sache befaßt und dabei festgestellt, daß Sie auch heute noch gute Freunde in unseren Dienststellen haben.«

»Ja, das stimmt, Sir«, erklärte ich.

»Die halten große Stücke von Ihnen und haben mir gesagt, Sie hätten ihnen während der vergangenen Jahre bei einigen Fällen geholfen.«

»Ein bißchen.«

Er lächelte. »Bei Mordfällen. Wollen Sie uns auch im vorliegenden Fall helfen?«

Das Lächeln sollte mir zeigen, daß er auf meiner Seite stand. Ich erwiderte es. »Ich fürchte, diesmal wird sich nicht viel machen lassen, Sir.«

Hargerson starrte mich stirnrunzelnd an. Er war keineswegs glücklich über die Form unserer Unterhaltung.

»Na, halten Sie die Augen offen«, sagte Stanton.

»Will ich gern tun«, versprach ich.

Er nickte mir zu. »Vielen Dank.«

Ich verließ den Raum ohne einen Blick auf Hargerson. Edwards nahm meinen Platz ein, und ich ging die Treppe hinunter. Der ganze Nachmittag lag noch vor mir, denn mein Dienst begann erst um neun.

Auf dem Weg zum Portal streifte mein Blick einen Sandkasten, und da fiel mir plötzlich eine andere zerknüllte Zigarettenschachtel der Sorte Maverick ein. Ich hatte sie unten in der Werkstatt liegen sehen.

Die Türklinke bereits in der Hand, blieb ich stehen. Stimmengewirr in einigen Räumen verriet mir, daß die Vernehmungen noch im Gang waren. Wieder dachte ich an die Werkstatt im Keller. Was war mir dort außer der zerknüllten Zigarettenschachtel noch aufgefallen?

Ich stieg die Treppe wieder hinauf. Auf halber Höhe kam mir Inspektor Stanton entgegen und sah mich erstaunt an. »Etwas vergessen?«

»Mir ist gerade etwas eingefallen«, erwiderte ich. »Haben Sie ein paar Minuten Zeit?«

»Natürlich.«

Wir standen uns auf der Treppenstufe gegenüber; ich sagte: »Ich habe darüber nachgedacht, warum sich jemand die Mühe machte, den Toten diese Treppe heraufzutragen. Warum hat er ihn nicht einfach unten hinter der Tür abgelegt? Da kam mir der Gedanke, daß der Betreffende wahrscheinlich nur den Schlüssel für eine einzige Tür hatte und nicht zu erkennen geben wollte, auf welchem Weg der Tote hereingeschafft worden war.«

Er sah mich nachdenklich an. »Schon möglich.«

»Ich glaube aber, der Mann ist hier ermordet worden«, fügte ich hinzu.

»Warum?«

»Nun, das ist schwer zu erklären.« Die Sache mit den Zigarettenschachteln war ein recht vager Anhaltspunkt. »Er ist mit Draht erdrosselt worden, mit dem hier die Bilder aufgehängt werden. Ich glaube, die Tat wurde unten in der Werkstatt verübt. Der Betonboden dort läßt sich leicht säubern, da unten ist auch ein Spülbecken und eine Toilette. An den Kleiderhaken hängen Kittel und alte Lumpen, und ich glaube, die Kleidungsstücke des Toten befinden sich darunter. Seine Unterwäsche dürfte in irgendeinem Karton liegen. Allerdings ist von seinen Schuhen nichts zu sehen.«

Stanton rieb sich nachdenklich das Kinn. »Sie meinen also, der Mörder hat ihn da unten im Keller umgebracht, ausgezogen, gewaschen, seine Kleider an die Haken gehängt und ihn dann ins obere Stockwerk getragen, damit wir annehmen, er wäre schon tot durch eine Tür ins Haus geschafft worden.«

»Ja.«

»Aber warum mußte er gewaschen werden?«

»Der Mörder konnte ihn nicht völlig verschmutzt durch die Gänge und über die Treppe tragen. Das hätte bestimmt Spuren hinterlassen. In der Werkstatt dagegen hatte er alle Möglichkeiten, wieder gründlich aufzuräumen.«

»Die Frage ist nur, ob die Kleidungsstücke da unten noch vorhanden sind.« Er beantwortete seine Frage selbst. »Ja, wahrscheinlich hängen sie noch am Haken. Das Museum ist seit jenem Tag nicht mehr geöffnet worden. Da war zunächst die Inventur, und dann haben die Ermittlungen wegen der Fälschungen eingesetzt.«

»Und noch etwas«, sagte ich. »Ich habe an jenem Abend da unten in der Werkstatt die zerknüllte Zigarettenschachtel einer kanadischen Marke gesehen. Vielleicht ist der Tote hier nicht zu identifizieren, weil er aus Kanada gekommen ist.«

Stanton lächelte mir zu. »Na, sehen Sie«, sagte er. »Sie können uns helfen – wenn Sie nur wollen.«

7

Die Schuhe steckten in den Hosen. Der Mörder hatte die Schnürsenkel zusammengebunden und die Schuhe in der Hose versteckt. Dann hatte er Hose, Hemd und Jacke an den Haken gehängt. Die

Strümpfe steckten in den Schuhen, und die Unterwäsche war zerrissen und in einen Karton geworfen worden. Alle Taschen waren leer.

Das alles erfuhr ich zwölf Stunden nach meiner kurzen Unterredung mit Inspektor Stanton.

Ich fuhr mit der U-Bahn heim, arbeitete eine Weile an meiner Mauer, schlief ein paar Stunden und unterhielt mich beim Abendessen mit Kate und Bill, der wieder mal eine neue Band zusammenstellte. Um neun Uhr traf ich im Museum ein.

Muller war wie üblich zugegen. Ein paar Studenten setzten noch immer die Inventur fort. Ein junger Mann kam auf Muller und mich zu.

»Sie brauchen nicht zu warten«, sagte er zu Muller. »Wir haben hier noch eine Weile zu tun.«

»In Ordnung.« Muller wandte sich dem Büro zu, um seine Sachen zu holen.

Der junge Mann sah mich an. »Sie sind Mr. Tobin, nicht wahr?«

»Ja.«

Er streckte mir die Hand entgegen, und wir tauschten einen kurzen Händedruck. »Ich heiße Dan Tynebourne«, sagte er.

»Sind Sie auch von der Universität?«

»City«, erwiderte er.

»Wie bitte?«

»Vom City College. Ich bin dort Dozent. Jetzt entschuldigen Sie mich bitte.«

»Natürlich«, sagte ich, aber er hatte mir bereits den Rücken zugewandt.

Muller kehrte zurück, und ich grinste kopfschüttelnd. »Charming Boy Dan Tynebourne.«

»Ja«, grinste Muller zurück. Er arbeitete bereits seit drei Jahren im Museum und kannte jeden. »Im Grunde aber ein guter Junge.«

»Ich wußte gar nicht, daß das Museum auch eine Verbindung zum City College unterhält.«

»Er ist die einzige Verbindung. Hat auf der New York University studiert und steht noch immer in Verbindung mit Crane.«

»Ja, genauso sieht er auch aus.«

Muller lachte. »Sie haben wirklich ein gutes Auge.«

»Wenn er noch mit Crane in Verbindung steht und auf der Universität studiert hat, warum hat er dann dort keinen Posten bekommen?«

»Es gibt da so eine Vorschrift, daß sie nach Abschluß des Studiums nicht als Dozenten angestellt werden können. Na, eines Tages wird es Dan trotzdem gelingen, wieder in der Universität zu landen. Also dann bis morgen.«

Ich sperrte die Tür hinter Muller ab und machte mich auf die Suche nach Tynebourne. Er saß im Raum mit den Zeichnungen aus dem Bürgerkrieg und blätterte in seinen Aufzeichnungen.

Die wertvollsten Stücke des Museums hingen im Erdgeschoß, und es hatte sich inzwischen herausgestellt, daß hier mindestens neunzig Prozent Fälschungen aufgehängt worden waren. Im Obergeschoß war kein einziges Original gestohlen und durch eine Fälschung ersetzt worden, denn diese Stücke waren noch nicht alt genug, um einen besonderen Marktwert zu haben.

Tynebourne nahm keine Notiz von meinem Kommen und blickte erst ungeduldig auf, als ich unmittelbar vor ihm stand. Er hatte ein hageres Gesicht, langes, blondes Haar und sah aus, als würde er nie an die frische Luft kommen. Man konnte sich vorstellen, daß er auf einer Pritsche zwischen den Buchregalen einer Bibliothek schlief.

»Wollten Sie etwas?« fragte er.

»Ich habe das Portal zugesperrt«, erwiderte ich, »und gehe jetzt ins Büro. Sagen Sie mir Bescheid, wenn Sie aufbrechen, ja?«

»Sicher, sicher«, murmelte er und wandte sich wieder seinen Aufzeichnungen zu.

Ich setzte mich ins Büro, schaltete das kleine Transistorradio ein und wartete darauf, daß die Studenten das Gebäude verließen, damit ich die erste Runde machen konnte.

Als Tynebourne fünf Minuten später ins Büro kam, dachte ich, er wollte jetzt mit seinen Studenten abziehen.

»Was halten Sie eigentlich von dem Diebstahl?« fragte er.

Eine merkwürdige Frage; ich war nicht ganz sicher, wie er das meinte. »Was ich davon halte? Inwiefern?«

»Na ja, wie stellen Sie sich dazu? Hassen Sie die Täter, tun sie Ihnen leid, oder glauben Sie, ob es sich um Verrückte handelt?«

»Keine Ahnung«, erwiderte ich. »Hassen tue ich sie auf keinen Fall, denn es wäre unvernünftig, Leute zu hassen, die alte Ausschnitte aus Illustrierten stehlen. Meiner Ansicht nach steht das Risiko, das sie dabei eingehen, in keinem Verhältnis zum Gewinn.«

Er lehnte mit der Schulter am Türrahmen und sah mich stirnrunzelnd an. »Zum Gewinn? Wie meinen Sie das?«

»Na ja, sagen wir mal, Sie stehlen eine Karikatur aus dem Bürgerkrieg, die vielleicht hundert Dollar wert ist. Wenn Sie Glück haben, gibt Ihnen der Hehler vielleicht dreißig Dollar dafür. Andererseits riskieren Sie für diese dreißig Dollar eine Gefängnisstrafe bis zu zwanzig Jahren.«

»Sie müssen aber doch einen Grund gehabt haben«, sagte er.

»Vermutlich. Das wird sich aufklären, wenn die Polizei sie schnappt.«

»Glauben Sie, daß es der Polizei gelingt?«

»Sie zu schnappen? O ja, davon bin ich überzeugt.«

»Warum?« fragte er kurz, als würde ihn meine Meinung interessieren.

»Weil die Diebstahlserie in Zusammenhang mit einem Mordfall steht«, antwortete ich. »Und weil die leitenden Männer dieses Museums die Polizei unter Druck setzen werden, die Diebe zu ermitteln und festzunehmen. Und weil diese Diebe bislang unglaubliches Glück hatten. Sie haben die Fälschungen mit dem Material des Museums angefertigt, und das konnte nur klappen, solange sich niemand darum kümmerte. Doch nachdem die Ermittlungen erst mal eingesetzt haben, wird es ihnen bald an den Kragen gehen.«

»Hoffentlich behalten Sie recht«, brummte Tynebourne überraschend heftig. »Wissen Sie, was solche Leute mit den Originalen alles anstellen können?«

Ich hätte fast laut aufgelacht, weil er sich so dumm stellte. »Ich nehme an, sie werden äußerst behutsam damit umgehen, wenn sie Kapital daraus schlagen wollen.«

»Ich wünschte, die ganze Sache wäre nicht ans Licht gekommen«, sagte er. »Wir waren alle ganz zufrieden mit den Fälschungen. Wir haben sie als Ausstellungsstücke betrachtet und uns an ihnen erfreut. Jetzt sehen wir sie plötzlich nur noch als billige Kopien.«

»Ich verstehe Ihre Einstellung, denn schon die ›Originale‹ waren ja Vervielfältigungen eines Originals, nicht wahr?«

»Meistens«, pflichtete er mir bei. »Andererseits hat wohl nur ein Original die richtige Ausstrahlung. Das ist eben der entscheidende Unterschied zwischen Original und Kopie.«

Ich konnte ihm nicht recht folgen. »Das liegt wohl am Betrachter.«

»Glauben Sie, daß es Menschenfreunde sind?«

Jetzt kam ich überhaupt nicht mehr mit. »Menschenfreunde? Wer?«

»Die Diebe.«

»Wie könnten sie Menschenfreunde sein?«

»Na ja, hier hängen die Sachen doch ziemlich nutzlos herum, während das Geld woanders dringend gebraucht wird. Verstehen Sie, wie ich das meine?«

»Ein höchst unwahrscheinliches Motiv für einen Kunstdiebstahl«, wandte ich ein.

»Es gibt aber verschiedene Beispiele dafür. Denken Sie nur mal an Irland, wo die IRA die Banken ausraubt, um Geld für ihren Aufstand zu bekommen.«

Ich nickte. »Das wäre natürlich möglich.«

»Aber es gefällt Ihnen nicht recht.«

»Woanders könnte man sich das Geld doch wesentlich müheloser beschaffen.«

»Aus welchem Grund haben sie gerade hier gestohlen?« fragte er.

Damit kamen wir auf die ursprüngliche Frage zurück. »Das kann ich nicht sagen«, wiederholte ich. »Es wird sich aber aufklären, wenn die Polizei die Täter geschnappt hat.«

»Und bis dahin haben wir hier noch einen Haufen Arbeit. Haben Sie eigentlich schon von der Kontroverse gehört?«

»Nein.«

»Es geht darum, ob das Museum geöffnet werden soll, solange die Fälschungen an den Wänden hängen.«

»Ah«, sagte ich. »Ja, dieses Problem ist mir klar.«

»Wenn sie die Fälschungen abnehmen, bleiben fast überall nur kahle Wände, und das wäre natürlich eine Enttäuschung für jeden Besucher.«

»Natürlich.«

»Wenn sie sie aber hängen lassen, müssen sie sie irgendwie kennzeichnen, und das dürfte auch nicht gerade die ideale Lösung sein. Meiner Ansicht nach sollte das Museum geschlossen bleiben«, versetzte Tynebourne. »Die Öffentlichkeit hat sich ohnehin kaum dafür interessiert. Es wäre besser, es nur den Wissenschaftlern und Studenten vorzubehalten.«

Das also war sein eigentlicher Standpunkt. Er betrachtete das Museum als eine Art Elfenbeinturm, in dem die Masse nichts verloren hatte.

Ein ungemein attraktives Mädchen tauchte hinter Tynebourne auf und sagte: »Wir sind fertig, Dan.«

Er sah sie überrascht an, als hätte er sie noch nie gesehen. Dann murmelte er: »Fein. Ich komme gleich.«

Ich stand auf und schaltete das Radio aus. Sobald sie das Gebäude verlassen hatten, wollte ich meine erste Runde machen.

Ich sperrte das Portal hinter ihnen ab und fand alles in bester Ordnung, auch unten in der Werkstatt; dort hingen nur ein paar Kleidungsstücke weniger an der Wand.

Zehn Minuten nach elf klopfte Grinella ans Portal. Ich blickte zunächst durch die Klappe und ließ ihn dann ein.

»Inspektor Stanton hat mir aufgetragen, noch heute abend bei Ihnen vorbeizufahren und Ihnen seinen Dank zu übermitteln«, sagte er, als ich die Tür wieder absperrte.

»Meine Vermutungen haben sich also bestätigt?«

»Hundertprozentig.« Er erwähnte, daß die Kleidungsstücke gefunden worden waren, und fügte hinzu: »Am interessantesten sind die Schuhe. Sie stammen ursprünglich aus Amerika, sind aber in Kanada besohlt worden. Der betreffende Schuhfabrikant erklärte uns, daß dieses Modell seit vier Jahren nicht mehr hergestellt wird.«

»Er hat also seit mindestens vier Jahren in Kanada gelebt«, sagte ich. »Und zuvor irgendwo in den Vereinigten Staaten.«

»Sieht ganz so aus«, bestätigte Grinella. Er schien guter Stimmung zu sein und hatte es nicht eilig, wieder zu gehen. »Mit Ausnahme der Jacke stammte alles andere aus Kanada.«

»Der Tote war etwa fünfundzwanzig Jahre alt, nicht wahr?«

»Stimmt. Wissen Sie, was wir vermuten?«

»Ich glaube«, antwortete ich. Wir standen noch immer an der Tür, und ich fragte: »Wollen wir uns nicht ins Büro setzen?«

»Warum nicht?«

Unterwegs fragte ich: »Wo ist denn Ihr Partner?«

»Draußen im Wagen.« Ein seltsamer Unterton schwang in seiner Stimme mit, als hätte er gerade an etwas Seltsames gedacht. Aber das Licht war zu dunkel, um seine Miene erkennen zu können, und als wir das Büro betraten, war sein Gesicht wieder so undurchdringlich wie vorher.

Wir setzten uns, und ich sagte: »Sie halten Mr. X also für einen Wehrdienstverweigerer.«

»Stimmt. Er verließ das Land, ehe er gemustert werden konnte, und deshalb haben wir auch keine Fingerabdrücke von ihm.«

»Da ist er mit seiner Rückkehr aber ein großes Risiko eingegangen.«

»Noch größer als er dachte, wie sich nun herausgestellt hat.« Grinella schüttelte den Kopf. »Er hätte besser daran getan, in Kanada zu bleiben.«

»Glauben Sie, daß Sie ihn jetzt identifizieren können?«

»Wir wollen es hoffen. Die meisten dieser Burschen, die sich vor der Einberufung drücken, halten sich in der Gegend von Toronto auf. Wir haben uns mit den zuständigen Polizeidienststellen in Verbindung gesetzt, und die werden nachforschen, ob einer der Amerikaner dort als vermißt gemeldet wurde.«

»Ich dachte immer, diese Leute bleiben nie lange an einem Ort«, sagte ich.

»Nun, sie haben ihre eigenen Organisationen. Sie besorgen sich zum Beispiel gegenseitig Jobs und dergleichen. Natürlich gibt es keine Unterlagen, aber wir rechnen uns zumindest eine Chance aus.«

Da fiel mir etwas ein. »Haben Sie einen Bericht über die Todeszeit?« fragte ich.

Er grinste. »Dachte mir schon, daß Sie danach fragen würden. Zwischen acht Uhr fünfundvierzig und zehn.«

Das Museum war an jenem Abend wie üblich geschlossen worden, und ich hatte um neun Uhr meinen Dienst angetreten. Kurz darauf hatte ich die erste Runde gemacht. Während ich durch die einzelnen

Räume ging, hatte also jemand da unten dem jungen Mann die Drahtschlinge um den Hals gelegt und ihn erdrosselt.

Hatte der Mörder bedacht, daß das Opfer sich so besudeln würde, oder hatte er mit einem glatten, sauberen Tod gerechnet, wie er im Film gezeigt wird?

Wie dem auch sei, jedenfalls hatte er sofort reagiert, den Toten ausgezogen und gewaschen, um ihn sich dann über die Schulter zu werfen und in den Raum zu tragen, wo ich ihn später entdeckte.

Wann hatte er ihn hinaufgeschafft? Ich hatte ihn da unten in der Werkstatt nicht gehört – aber auch er hatte mich nicht hören können. Wahrscheinlich wußte er, daß ich irgendwo im Haus steckte. Dann war er mit dem Toten über der Schulter heraufgekommen, hatte sich am Lichtstrahl meiner Taschenlampe orientiert, und seine Last schließlich im betreffenden Raum abgelegt.

Möglicherweise hatte er auch das Klopfen am Portal gehört und gesehen, wie ich Linda einließ. Als ich mich mit ihr ins Büro setzte, brauchte er nur noch hinaufzuhuschen.

Ich stellte mir vor, wie ich mit der Taschenlampe in der Hand durch die Ausstellungsräume ging, während mir der Mörder mit dem Opfer über der Schulter folgte.

»Er ist also nicht nur hier ermordet worden«, sagte ich zu Grinella, »sondern auch genau zu dem Zeitpunkt, als ich meine Runde machte.«

Er machte eine lässige Handbewegung. »Sie stehen nicht unter Verdacht.«

»Das habe ich nicht gemeint. Ich dachte nur daran, daß ich während der Tatzeit hier im Haus war.«

Er zog die Augenbrauen hoch. »Yeah, das habe ich noch gar nicht bedacht.«

Vor meinem geistigen Auge stand noch immer das Bild, wie der Mörder mir mit dem Toten über der Schulter von Raum zu Raum nachschlich. Ich versuchte, an etwas anderes zu denken.

»Nun dürfte wohl klar sein, daß zwischen dem Mord und der Diebstahlserie ein Zusammenhang besteht«, sagte ich.

»Sieht ganz so aus. Vielleicht sind die Diebe sich gegenseitig in die Haare geraten.« Er legte den Kopf ein wenig schief. »Bleibt immerhin noch die Frage nach der Frau offen.«

Ich fühlte mich dank Inspektor Stantons und auch Grinellas offensichtlichem Wohlwollen bereits so sicher, daß ich meine Lüge vollkommen vergessen hatte. »Welche Frau?« fragte ich verdutzt.

»Die hier zur Tatzeit gesehen wurde, als sie das Museum verließ.« Er sah mich forschend an, und an dem Ausdruck seiner blauen Augen erkannte ich, daß er meine Lüge durchschaut hatte – nur konnte er es mir nicht nachweisen. »Sie scheidet natürlich als Mörderin aus«, fuhr er fort. »Es gibt nur wenige Frauen auf der Welt, die einen Mann auf diese Weise strangulieren und dann auch noch zwei Treppen hinauftragen könnten.«

»Vielleicht war gar keine Frau hier«, sagte ich.

»Darüber liegt uns eine einwandfreie Zeugenaussage vor«, entgegnete er. »Wir kennen zwar weder ihren Namen, noch haben wir eine besonders gute Beschreibung von ihr – aber wir wissen, um welche Zeit sie das Museum verließ, was für einen Mantel sie trug, welche Richtung sie einschlug, und daß sie die Tür hinter sich nicht verschloß.«

»Das muß also ein anderer für sie besorgt haben.« Diese Wendung der Dinge gefiel mir gar nicht.

»Ja.« Lächelnd stand er auf. »Na, das wird sich alles noch herausstellen. Jetzt muß ich gehen.«

»Freut mich, daß Sie vorbeigekommen sind«, sagte ich. Das stimmte sogar – bis auf das letzte Thema.

Wir gingen auf das Portal zu. »Wenn wir den Mörder finden, bekommen wir auch die Antworten auf alle Fragen«, sagte Grinella. »Ich meine, nach der Frau und so.«

Ich nickte. Nachdem der Zusammenhang zwischen dem Mord und dem Diebstahl der Originale jetzt festgestellt war, würden die Beamten solange bohren, bis sie der Sache auf den Grund kamen.

Hatte ich in einer derartigen Situation überhaupt noch die Chance, Linda aus dem Fall herauszuhalten?

Wir hatten das Portal fast erreicht, und ich spielte mit dem Gedanken, Grinella . . .

Da klopfte jemand an die Tür. »Das ist Hargerson«, sagte Grinella. »Er will wohl nachsehen, wo ich so lange bleibe.« Er trat an die

Klappe und öffnete sie.

Alles spielte sich so blitzschnell ab, daß ich es kaum wahrnahm. Eine zischende Bewegung vor der Klappe – es hörte sich an, als würde Wasser in ein offenes Bullauge gespült.

Grinella stieß einen gellenden Schrei aus, schlug die Hände vors Gesicht und taumelte zurück. Beißender Gestank breitete sich aus.

Drei Schlösser; drei Schlösser! Mit zitternden Fingern fummelte ich daran herum, während Grinella hinter mir zusammenbrach. Noch immer verbarg er das Gesicht in den Händen und krümmte sich stöhnend.

Ich riß die Tür auf, sprang über die Schwelle und sah einen Mann über den Gehsteig hasten. In einer Parklücke weiter unten stand ein Wagen mit laufendem Motor und eingeschalteten Scheinwerfern.

Da am Museum absolutes Halteverbot bestand, konnte der schwarze Ford auf der gegenüberliegenden Straßenseite nur der Dienstwagen sein, in dem Grinella und Hargerson gekommen waren.

»Hargerson!« schrie ich. »Hargerson! Halten Sie den Wagen dort auf!«

Der Idiot – der absolute Vollidiot! Er stieg aus und starrte mich an. »Was, zum Teufel, wollen Sie?«

Der Mann sprang gerade in den wartenden Wagen, und dieser schoß um die Ecke.

»Halten Sie den Wagen auf!« schrie ich. »Die haben Ihrem Partner gerade Säure ins Gesicht geschüttet. Wollen Sie ihnen nicht endlich nachsetzen?«

Endlich bequemte er sich, dem Wagen nachzufahren – aber da war es natürlich schon zu spät. Hargerson schoß mit heulender Sirene los, aber er hatte ja keine Ahnung, wie der Wagen aussah, den er verfolgen sollte. Später gab er an, er hätte, nachdem er um die Ecke gekommen war, nur ganz normalen Verkehr gesehen. Der Fahrer hatte sich natürlich unauffällig in den Strom eingeordnet.

Ich eilte zurück und beugte mich über Grinella. Er lag stöhnend am Boden, die Hände vorm Gesicht, warf den Kopf von einer Seite auf die andere und strampelte mit den Füßen.

Ich eilte ins Büro zum Telefon.

Dink erkannte mich zunächst nicht. Es war halb acht morgens, und er konnte vor lauter Schlaf kaum aus den Augen schauen. Er öffnete die Wohnungstür, musterte blinzelnd meine graue Uniform und fragte: »Yeah? Was wünschen Sie?«

»Tritt zurück, Dink«, sagte ich. »Und halt deine Hände so, daß ich sie sehen kann.«

»Was?« Er erkannte mich noch immer nicht, merkte aber, was gespielt wurde. Er war noch nie ein besonders harter Typ gewesen. Folgsam wich er zurück. »Was soll das? Glauben Sie etwa, ich hätte ein Schießeisen im Pyjama?«

Unter dem braunen Morgenmantel trug er einen hellblauen Pyjama und sah darin aus wie ein Patient im Krankenhaus. Er war ein kleiner, gedrungener Mann, dem man ansah, daß er sich mit den vielen Fehlschlägen seines Lebens abgefunden hatte.

Ich zog die Tür hinter mir ins Schloß und folgte ihm in das kleine, halbdunkle Wohnzimmer. Es war nicht dieselbe Wohnung, in der ich Linda regelmäßig besucht hatte, während Dink hinter Gittern saß – aber sie war mit demselben Mobiliar eingerichtet.

Da stand Dink in seinem offenen Morgenmantel und dem hellblauen Pyjama vor mir und hielt die Hände seitlich ausgestreckt, damit ich sie sehen konnte. Er wirkte wie eine grausame Parodie aus einer Vergangenheit, die er nie miterlebt hatte, obwohl es ihm inzwischen bestimmt schon zu Ohren gekommen war. Manchmal war ich direkt nach dem Nachtdienst gegen sechs oder sieben Uhr morgens zu Linda gegangen, und sie hatte mich in einem hauchdünnen Nachthemd empfangen – inmitten derselben Möbel wie jetzt.

Seit drei Jahren hatte ich nicht mehr an dieses Zimmer gedacht, auch nicht an das Schlafzimmer. Irgendwie überraschte und verwirrte es mich, daß alles noch altvertraut wirkte.

Endlich erkannte Dink mich und riß mich damit in die Gegenwart zurück. »Tobin!« rief er überrascht. »Um alles in der Welt – Tobin!«

Ich schloß die Wohnzimmertür und deutete auf den braunen Sessel. »Setz dich, Dink.«

Er ließ die Arme sinken und starrte meine graue Uniform an. »Was, zum Teufel, ist denn los? Sie sind kein Polizist mehr.«

»Setz dich, Dink«, wiederholte ich. »Seit acht Stunden brenne ich darauf, jemanden zusammenzuschlagen. Reiz mich also nicht.«

Er machte beruhigende Bewegungen mit den Händen und wich zum Sessel zurück. »Ich weiß nicht, was Sie vorhaben, aber ich will keinen Ärger. Ich kümmere mich um nichts und will nur meine Ruhe.«

Ich setzte mich auf das Sofa, auf dem ich Dinks Frau mindestens hundertmal geliebt hatte, stützte die Ellbogen auf die Knie und beugte mich ein wenig vor. »Die Leute lassen dich aber nicht in Ruhe, Dink.«

»*Sie* lassen mich nicht in Ruhe.« Er wußte nicht recht, wie er sich verhalten sollte. »Alles war in bester Ordnung, bis . . .«

»Ich will Ihnen mal was erzählen, Dink.«

»Na, großartig.« Sarkasmus war nicht gerade Dinks Stärke, und deshalb verpuffte die Bemerkung.

»In der vergangenen Nacht hat jemand kurz vor Mitternacht an das Portal des Museums geklopft, wo ich arbeite. Bei mir war ein Polizeidetektiv. Er dachte, sein Partner würde da klopfen, und öffnete die Klappe. Da schüttete ihm jemand Säure ins Gesicht.«

Ich behielt Dink scharf im Auge. Er zuckte zusammen und fürchtete offensichtlich, daß ich ihn für den Täter hielt. Dann stieg Trotz in ihm auf. »Na, ich habe damit jedenfalls nichts zu schaffen.«

»Dink«, sagte ich, »ich brauchte zwei Stunden, um zu begreifen, daß diese Säure gar nicht für den Kriminalbeamten, sondern für mich gedacht war.«

»Hören Sie«, erwiderte er. »Hören Sie zu, denn ich sage Ihnen die reine Wahrheit, bei Gott. Ich habe nichts gegen Sie. Sie wissen, was ich damit meine. Die Vergangenheit ist für mich erledigt. Das schwöre ich Ihnen auf einem ganzen Stapel von Bibeln.«

»Vermutlich wissen Sie noch nicht, welcher von ihnen es getan hat, Dink. Ich verlange, daß Sie es feststellen und mir den Namen bis acht Uhr heute abend telefonisch durchgeben.«

Sein Gesicht erinnerte mich an seinen übertrieben unschuldigen Ausdruck, als ich ihn damals verhaftet hatte. »Warum kommen Sie damit gerade zu mir? Ich war die ganze Nacht hier im Bett.«

»Das weiß ich, Dink.« Ich hielt vier Finger hoch und zählte die einzelnen Namen ab. »Es könnte Fred Carver gewesen sein, oder Knox, Mort oder der junge Willie Vigevano. Sie werden feststellen, welcher von ihnen es war.«

Jeder Name traf ihn wie ein Pfeil in die Stirn, und er zog den Kopf immer weiter zurück. Dennoch leugnete er weiter. »Sie können mich nicht mit diesen Burschen in Verbindung bringen.« Er wich meinem Blick aus. »Ich halte mich aus der Sache heraus – ein für allemal.«

Ich wußte, daß Linda inzwischen in der rechts hinter mir liegenden Schlafzimmertür stand. Ich hatte es Dinks Augen angesehen, als er meinem Blick auswich. Da sie aber nicht hereinkam, tat ich weiterhin so, als wäre ich hier allein mit Dink.

»Dieser Beamte, dem die Säure ins Gesicht geschüttet wurde, heißt Grinella, Dink«, sagte ich. »Die Ärzte befürchten, daß er blind bleibt. Die Säure war für mich bestimmt, und deshalb fühle ich mich dafür verantwortlich. Ich will den Mann, der das getan hat, kriegen.«

»Na, das verstehe ich ja«, erwiderte Dink und kniff die Augen zusammen, als müßte er sich zwingen, nicht zur Schlafzimmertür zu sehen. »Aber warum wollen Sie *mich* unter Druck setzen? Wenn Sie der Polizei helfen wollen, dann ist das Ihre Sache. Aber warum kommen Sie damit gerade zu mir?«

»Wenn es gar nicht anders geht, Dink, werde ich zu Grinellas Partner gehen und ihm die ganze Wahrheit sagen. Ich werde ihm sagen, warum ich etwas in dem Mordfall verschwiegen habe, den er bearbeitet, und warum Carver, Knox, Mort und Willie Vigevano es auf mich abgesehen haben. Grinellas Partner ist ein verdammt hartgesottener Bursche. Er heißt Hargerson. Kennen Sie ihn?«

Dink schüttelte den Kopf.

»Er erinnert mich an Kraus.« Das war einer der gemeinsten und härtesten Polizisten gewesen, die ich je gekannt hatte. »George Kraus, erinnern Sie sich noch an ihn?«

Dink nickte widerstrebend.

»Hargerson ist aus dem gleichen Holz«, fuhr ich fort. »Wenn ich ihm die volle Wahrheit sagen muß, wird er mir sicher das Leben zur Hölle machen und vielleicht auch dafür sorgen, daß ich meine Lizenz verliere. Doch das ist nur ein Bruchteil von dem, was er mit Ihnen anstellen wird.«

Dink wurde sichtlich nervös. »Tobin«, sagte er, »hören Sie zu. Ich will nichts weiter, als mich aus der ganzen Sache heraushalten.«

»Ja, das geht uns allen so. Auch ich möchte in Ruhe gelassen werden – aber das klappt nun mal nicht. Grinella wird für immer blind bleiben, und Sie und ich, wir haben den Täter dazu gebracht. Verdammt noch mal, Dink, wir müssen den Kerl dafür zur Rechenschaft ziehen.«

»Ohne den anderen Polizisten einzuschalten? Wie, zum Teufel, wollen Sie das anstellen?«

»Überlassen Sie das mir«, antwortete ich. »Sie besorgen mir den Namen des Säureattentäters und des Fahrers. Es wäre natürlich gut, wenn Sie mir auch das Kennzeichen des Wagens nennen könnten.«

Er lachte, aber es klang ziemlich zaghaft. »Sie verlangen gar nicht viel.«

»Ich will dafür sorgen, daß dieser Kerl den Rest seines Lebens hinter Gittern schmort.«

Dink warf einen kurzen Blick zur Schlafzimmertür, und ich sah den hilflosen Ausdruck seiner Augen. Dann kehrte sein Blick zu mir zurück, und er zog die Brauen zusammen. »Also gut, bis zu einem bestimmten Punkt bin ich einverstanden. Zugegeben, ich weiß, wovon Sie reden – aber wie ist das Fred und den anderen zu Ohren gekommen?«

»Komm, Dink, das wissen Sie doch genau«, brummte ich. »Plötzlich setzt jemand diese vier unter Druck. Vielleicht hat dieser Jemand ihnen sogar den guten Rat gegeben, die Hände von Dink Campbell zu lassen. Daraufhin sind sie natürlich zu Ihnen gekommen und wollten wissen, was gespielt wird. Sie wollten es ihnen zunächst nicht verraten, und da haben sie Sie eben eingeschüchtert.«

»Ich bin leicht einzuschüchtern«, räumte Dink ein. »Doch an diese Dinge erinnere ich mich nicht.«

»Aber Linda erinnert sich daran«, versetzte ich, und es bereitete mir zu meiner Überraschung keine Schwierigkeit, ihren Namen auszusprechen. »Sie hat dafür gesorgt, daß die vier Burschen unter Druck gesetzt wurden, und sie hat es Ihnen auch gestanden. Das haben Sie Fred Carver und den anderen gesagt, und dafür mußte Grinella sein Augenlicht einbüßen.«

Dink gab sich wieder größte Mühe, nicht zur Schlafzimmertür zu sehen. »Mir scheint, Sie ziehen eine Menge voreiliger Schlußfolgerungen.«

»Sie brauchen sich nur an Linda zu wenden«, erwiderte ich. »Die wird sich bestimmt daran erinnern – nicht wahr, Dink?«

Er saß da in seinem Morgenmantel und Pyjama, sah wie im Lazarett aus und starrte finster auf meine Knie hinunter. Sein Mund zuckte, aber er brachte keinen Laut über die Lippen.

»Glauben Sie nicht, daß sie sich daran erinnert, Dink?« fragte ich noch einmal.

Sein Mund zuckte noch immer, und er schüttelte ungeduldig den Kopf, als wollte er auf diese Weise Gedanken vertreiben, die ihn bedrängten.

»Dink?«

Er schloß die Augen. »Ich weiß nicht, ob ich das kann«, murmelte er.

»Hoffentlich doch«, knurrte ich. »Denn andernfalls müßte ich zu Hargerson gehen. Einen anderen Ausweg gibt es nicht.«

Er lehnte sich seufzend im Sessel zurück, schlug die Augen auf und sah mich an. Ich hatte noch nie einen so schmerzlichen Ausdruck bei ihm gesehen.

»Mann«, sagte er ruhig, »du bringst wirklich einen Haufen Ärger in mein Leben.«

Dazu konnte ich nichts sagen. Es war die Wahrheit – abgesehen von der Tatsache, daß er damals, als ich ihn verhaftet hatte, tatsächlich schuldig gewesen war. Damit hatte die ganze Sache begonnen. Ich hatte Linda bei der Verhaftung kennengelernt, und alles weitere ergab sich wie von selbst. Seltsam, Dinks Verhaftung vor sieben Jahren hatte tatsächlich dazu geführt, daß Grinella letzte Nacht das Augenlicht verlor.

Dink rieb sich das Gesicht und erinnerte in dieser Haltung an Grinella, nachdem ihm die Säure ins Gesicht geschüttet worden war.

»Das wäre alles, Dink«, sagte ich rasch und stand auf. Ich fühlte mich plötzlich sehr müde.

Er nahm die Hände vom Gesicht und sah mich erschöpft an. »Es war auch genug«, murmelte er. »Sie haben genug gesagt.«

Ohne einen Blick auf die Schlafzimmertür zu werfen, wandte ich mich dem Ausgang zu. Auch dort drehte ich mich nicht um, denn ich wollte nicht zusehen, wie Linda ins Wohnzimmer trat, um Dink zu trösten.

9

Ich hatte es nach Dienstschluß so eilig gehabt, daß ich mit einem Taxi zu Dinks Adresse in der West End Avenue gefahren war. Doch jetzt hatte ich Zeit; ich hoffte nur, daß Dink mich gegen acht Uhr abends wirklich anrief. Wenn es ihm gelang, die Namen herauszufinden, würde er sie mir durchgeben, davon war ich überzeugt – zumal Linda ihm jetzt bestimmt zuredete. Sollte er sich jedoch nicht melden, blieb mir keine andere Wahl, als den Dingen ihren Lauf zu lassen.

An der Ecke Broadway und 86th Street nahm ich die U-Bahn, mußte ein paarmal umsteigen und erreichte endlich meine Station in Queens. Die Uniform engte mich ein, und meine Augen brannten.

Eine Querstraße vor meinem Haus hielt ein schwarzer Ford am Bordstein, und ich wußte sofort, was das zu bedeuten hatte. Aber ich war zu müde, um mir Gedanken darüber zu machen.

Als ich auf gleicher Höhe mit dem Wagen war, kurbelte Hargerson das Seitenfenster herunter. »Herkommen, Tobin!«

Ich trat an den Wagen und blinzelte ins helle Sonnenlicht. »Was gibt's?«

»Steigen Sie ein«, sagte er. »Ich habe mit Ihnen zu reden.« Die Grobheit lag einfach in seiner Natur, er konnte nicht über seinen Schatten springen.

Ich konnte ihn nur so nehmen, wie er war. »Ich bin sehr müde, Hargerson«, erwiderte ich. »Hab' die ganze Nacht kein Auge zugemacht.«

»Ich auch nicht. Steigen Sie ein!«

Ich ging um den Wagen herum und stieg ein. Es war einer der üblichen, mit Sprechfunk ausgestatteten Streifenwagen der Kriminalpolizei.

Während Hargerson den Gang einlegte und anfuhr, nahm ich die

Uniformmütze ab und schloß die Augen. Die Sonne spiegelte sich auf der Kühlerhaube. Ich hatte ein flaues Gefühl im Magen, und meine Nerven flatterten.

Es war genau der Zustand, in dem man zu jedem Geständnis bereit ist, nur um endlich in Ruhe gelassen zu werden. Ich kannte diese Technik aus meiner Dienstzeit. Ein Mann war bereit, alles zu gestehen, nur um endlich acht Stunden ungestört schlafen zu können.

Davor mußte ich auf der Hut sein, denn schon kam es mir vor, als wäre es der einfachste Ausweg, die Wahrheit zu sagen – und das stimmte nicht.

Während der langen Nachtstunden hatte ich mir alles gründlich durch den Kopf gehen lassen. Ich hatte mit dem Gedanken gespielt, mit der Wahrheit herauszurücken und lediglich zu verheimlichen, daß Linda mich im Museum aufgesucht hatte – aber ich mußte erkennen, daß das nicht ging. Hargerson würde bestimmt wissen wollen, an welchen Beamten ich mich gewandt hatte, um Fred Carver und seine Kumpane unter Druck zu setzen.

Dabei würde herauskommen, daß ich in jener Nacht, als ich den Toten fand, mit Marty Kengelberg gesprochen hatte. Damit führte die Spur unweigerlich zu Linda Campbell als zu der Frau, die beim Verlassen des Museums gesehen worden war.

Das wäre die Entlarvung meiner Lüge, und gleichzeitig würde Linda in Mord und einen Kunstskandal verwickelt werden. Auf eine solche Gelegenheit wartete die Presse nur. Der Mordfall war inzwischen längst von den Titelseiten der Zeitungen verschwunden und wurde nur noch in kleinen Meldungen erwähnt. Es gab lediglich Spekulationen über die ›geheimnisvolle Frau vom Museum‹. Doch sobald diese ermittelt war, würden unsere alten, vernarbten Wunden wieder aufgerissen werden, denn für die Reporter standen unsere Beziehungen seit damals einwandfrei fest.

Als ich nach Jocks Tod aus dem Polizeidienst entlassen worden war, hatte ich in bezug auf Linda und mich das Schlagwort LIEBESNEST in der Zeitung gelesen. Diese alten Ausgaben waren bestimmt noch in den Archiven und hätten nun für neue ähnliche Schlagzeilen gesorgt.

Nein, das alles wollte ich nicht noch einmal durchmachen. Ich wollte auch nicht, daß Linda und besonders Kate damit konfrontiert wurden. Dazu wäre ich nur bereit gewesen, wenn es die einzige Chance blieb, den Kerl zu schnappen, der Grinella die Säure ins Gesicht geschüttet hatte. Doch zuerst wollte ich alle anderen Möglichkeiten ausschöpfen.

Das bedeutete, daß ich Hargerson keinen reinen Wein einschenken durfte. Offensichtlich war er ebenfalls zu der Schlußfolgerung gekommen, daß die Säure für mich bestimmt gewesen war, und als ich darüber nichts ausgesagt hatte, war er gekommen, um sich mit mir unter vier Augen zu unterhalten.

Schweigend fuhr er durch die Straßen; ich hielt die Augen geschlossen, nur ab und zu blinzelte ich durchs Fenster, um zu sehen, wo wir waren. Dabei versuchte ich, meine letzten Kräfte zu mobilisieren.

Es stellte sich heraus, daß wir zu einer etwa eine Meile von meinem Haus entfernte Baustelle fuhren. Hier wurden verschiedene Häuser eingerissen, die neuen Hochbauten weichen mußten. Große Krater klafften im gelben Boden. Mir schauderte bei dem Gedanken, daß meinem Haus eines Tages das gleiche Schicksal blühen könnte. Ich versuchte mir einzureden, daß meine neue Mauer das verhindern würde, aber das war natürlich barer Unsinn.

Die gesamte Baustelle war mit Stacheldraht eingezäunt. Hargerson parkte den Ford neben einer Einfahrt, wo Männer mit gelben Schutzhelmen gerade ihr Tagewerk begannen. Er stellte den Motor ab, sah mich an und fragte: »Wer war der Säureattentäter?«

»Keine Ahnung«, antwortete ich.

Er beugte den bulligen Kopf vor und starrte mich eine Weile brütend an. Anscheinend wartete er, ob ich noch etwas hinzufügen wollte. Als das nicht der Fall war, sagte er kurz: »Dann wollen wir einen kleinen Spaziergang machen.«

Wir stiegen aus. Am Tor zückte er seinen Ausweis, und wir überquerten einen der tiefen Krater auf einem Steg. Um uns herum hämmerten und rasselten Baumaschinen, Staub und Ölgestank standen in der Luft.

Ein zweiter Steg brachte uns zu einer Stelle, wo die Häuser gerade erst niedergerissen wurden.

»Wer hat ihm die Säure ins Gesicht geschüttet?« schrie Hargerson, um das Geratter der Maschinen zu übertönen.

»Ich weiß es wirklich nicht.«

Achselzuckend setzte er den Weg fort.

Wider Willen mußte ich seine Technik bewundern. Die meisten Beamten in seiner Position hätten mir bewiesen, daß die Säure eigentlich für mich bestimmt gewesen war, und die weitere Vernehmung darauf aufgebaut. Hargerson überließ es seinem Gegenüber, den Dialog in seinem Kopf zu vollziehen. Er stellte lediglich die letzte, entscheidende Frage.

Wenn es richtig gehandhabt wird, kann Schweigen mehr Druck erzeugen als alle Worte der Welt. Hargerson kannte sich in diesen Dingen aus.

Im Hintergrund der völlig aufgerissenen Straße standen noch drei bis vier Häuser; hier herrschte noch mehr Lärm als auf der eigentlichen Baustelle.

Das letzte Haus links war noch vollkommen intakt, ein Einfamilienhaus mit einer Veranda und einem kleinen Vorgarten. Hargerson führte mich hinein.

Sämtliche Räume waren leer. In einer Ecke des Wohnzimmers stand ein Kochtopf, und an der Wand hing ein Bild des früheren New Yorker Oberbürgermeisters La Guardia.

Mir blieb gerade noch Zeit, diese Einzelheiten wahrzunehmen, dann wirbelte Hargerson herum und knallte mir die Faust in die Magengrube. Ich hatte damit gerechnet, daß er gewalttätig werden würde – aber mit diesem unerwarteten Angriff überrumpelte er mich. Ich taumelte zurück und versuchte verzweifelt, mich auf den Beinen zu halten.

Dennoch sackte ich zu Boden. Er stand über mich gebeugt und blickte auf mich herunter. Ich lag auf der Seite und rang mühsam nach Atem. Die Schmerzen schnürten mir die Kehle zusammen, brannten wie Feuer in meinem Hals.

Er wartete, bis ich wieder einigermaßen atmen und mich ein wenig aufrichten konnte. Dann beugte er sich tiefer über mich und fragte: »Wer war's, Tobin?«

Ich schüttelte den Kopf.

Diesmal wußte ich, was kommen würde. Auf keinen Fall würde er auf meinen Kopf zielen, denn er wollte ja keine sichtbaren Spuren hinterlassen. Er setzte zu einem Tritt in meine Rippen an, und statt ihm auszuweichen, umschlang ich seinen Fuß mit beiden Händen und versuchte, ihn so aus dem Gleichgewicht zu bringen und zu Boden zu zerren.

Doch er blieb breitbeinig stehen, streckte mich mit einem Handkantenschlag in den Nacken nieder und trat mir zweimal in die Rippen.

In einem normalen Kampf hätte ich vielleicht eine Chance gegen Hargerson gehabt, obwohl er stärker, schwerer und in besserer Form war als ich. Aber schon mit dem ersten Schlag hatte er sich einen Vorsprung verschafft, den ich niemals aufholen konnte.

Lange Zeit blieben wir in dem Haus, und er gab mir keine Chance, wieder auf die Beine zu kommen. Er gebrauchte Fäuste, Knie und Füße, ließ mich ab und zu wieder zu Atem kommen und stellte mir dann jedesmal die gleiche Frage.

Ich widerstand ihm zunächst mit eiserner Entschlossenheit, und dann stieg Wut in mir auf. Eines Tages würde er mir das büßen! redete ich mir wieder und wieder ein.

Doch er hämmerte pausenlos weiter und schlug auch die Wut aus mir heraus. Ich wußte selbst nicht, warum ich nicht zusammenbrach und ihm die Wahrheit sagte. Vielleicht lag es an meiner abgrundtiefen Verzweiflung.

In immer kürzeren Abständen verlor ich das Bewußtsein, und schließlich versank ich in einer uferlosen Dunkelheit.

Als ich vor Schmerzen endlich wieder zu mir kam und auf die Uhr blickte, war es kurz vor zwölf. Ich richtete mich langsam auf. Hargerson war verschwunden. Oder wollte er vielleicht zurückkommen? Ruhte er sich nur irgendwo in der Nähe aus?

Es gab keine Stelle an meinem Körper, die nicht schmerzte. Meine Arme zitterten, als ich mich aufstützte, und es dauerte eine ganze Weile, bis ich meinen Beinen trauen konnte. Ich taumelte wie ein Mann, der ein halbes Jahr ans Bett gefesselt gewesen war, und meine Kehle brannte bei jedem Atemzug.

Hargerson war nirgends zu sehen. Ich ließ meine Uniformmütze auf dem Boden liegen, denn ich hatte einfach nicht die Kraft, mich zu bücken und sie aufzuheben. Dann humpelte ich auf die Veranda hinaus, stellte mich in die Oktobersonne und sah in einiger Entfernung ein Tor im Stacheldrahtzaun.

Die Treppe bereitete mir die größte Mühe. Auf ebenem Boden konnte ich mich jedoch wenigstens einigermaßen bewegen. Ich ging durch das Tor und fand am Ende des Straßenblocks eine Wäscherei mit einem Telefon. Von da rief ich Kate an und bat sie, mich abzuholen.

Drei oder vier Frauen in der Wäscherei starrten mich wie ein Weltwunder an. Ich saß am Schaufenster und blickte auf die Straße hinaus. Meine Uniform war vollkommen verschmutzt.

Als Kate hereinkam, stellte sie ein paar besorgte Fragen, aber ich unterbrach sie. »Später – ich kann jetzt nicht sprechen.«

Sie fuhr mich heim, ließ heißes Wasser einlaufen, und als ich in der Wanne lag, gab ich ihr einen kurzen Bericht. Sie wollte auf der Stelle Marty Kengelberg oder Inspektor Stanton anrufen und etwas gegen Hargerson unternehmen, aber ich sagte: »Kate, ich kann es nicht beweisen, und er wird es einfach abstreiten. Dann werden sie mir die gleichen Fragen stellen.«

»Du willst ihm das so einfach durchgehen lassen?«

»Mir bleibt gar keine andere Wahl.«

»Aber er hat dich grauenhaft zugerichtet.«

»Jedenfalls habe ich ihm nicht gesagt, was er wissen wollte.«

Sie sah mich an. »Ist das wirklich ein Trost?«

»Nein«, erwiderte ich. »Aber weshalb sollen wir uns den Kopf darüber zerbrechen, wenn wir ohnehin nichts unternehmen können?«

»Du mußt es ihm heimzahlen!« rief Kate. Sie ist eine recht robuste Frau, und ich hatte sie noch nie so empört gesehen.

Ich schüttelte den Kopf und dachte an die Wut, die unter seinen Schlägen in mir aufgestiegen war. »Manche Schuld bleibt für immer ungesühnt, Kate – und das hier ist so eine.«

»Und wenn er es noch einmal macht?«

»Ich werde ihm von nun an aus dem Weg gehen.«

»Wird dir das denn gelingen?«

Ich schloß die Augen. Das Wasser war so wundervoll warm. »Das weiß Gott allein«, murmelte ich.

An diesem Abend stand das Telefon kaum still. Ich kletterte gegen sieben Uhr aus dem Bett. Die Schmerzen waren ein wenig abgeklungen, so daß ich mich schon wieder besser bewegen konnte. Ich saß gerade beim Essen, als Dink um sieben Uhr fünfundzwanzig anrief.

»Soll ich dir die Namen telefonisch durchgeben?« fragte er.

»Schieß los.«

»Vigevano hat die Säure geschüttet.«

»Bist du ganz sicher?«

»Er brüstet sich damit«, versetzte Dink. »Und Mort hat den Wagen gefahren.«

»Mort Livingston?«

»Yeah.«

»Fred Carver war nicht dabei?«

»Nein, er war nicht mal in der Nähe.«

»Aber er hat das Ding befohlen.«

»Oh, sicher. Alle Befehle kommen von ihm.«

»Was ist mit dem Wagen? Hast du dir die Nummer des Kennzeichens beschaffen können?«

»Nein, aber das spielt keine Rolle. Sie haben den Wagen für diesen Job gestohlen und ihn anschließend in den Graben gefahren.«

»Gib mir die Adresse von Vigevano«, sagte ich.

Er zögerte eine Weile. »Damit bringst du mich in die Klemme.«

Es kam mir komisch vor, daß er ausgerechnet an diesem Punkt zögerte. »Los, heraus mit der Adresse, Dink.«

»Hör zu«, versetzte er, »er wohnt bei seiner Mutter. Sie heißt Marie und hat Telefon.«

»Welcher Bezirk?«

»Manhattan.«

»In Ordnung.«

Ich wollte gerade auflegen, da sagte er: »Hör mal . . .«

»Was noch?«

»Sie haben noch nicht aufgegeben.«

»Kann ich mir denken.«

»Willie freut sich natürlich, daß er einen Bullen erwischt hat«, sagte

Dink. »Aber er hat es nach wie vor auf dich abgesehen.«

»Ich weiß.«

»Na, ich wollte es dir nur sagen.«

»Schön, vielen Dank, Dink.«

Wir hängten ein, und anschließend rief ich Allied an. Dunworthy vom Nachtdienst meldete sich.

»Ich hatte heute einen Unfall«, sagte ich. »Können Sie sich einen Ersatzmann beschaffen?«

»Das fällt Ihnen aber verdammt spät ein.« Dunworthy war ein gereizter Mann, der mit ganzem Herzen an seinen Akten und Unterlagen hing und die Menschen haßte. Er empfand es als persönliche Beleidigung, wenn jemand die Routine zu durchbrechen wagte.

»Ich dachte, es würde noch rechtzeitig besser werden«, erwiderte ich, »aber es ist nichts zu machen.«

»Was ist Ihnen denn zugestoßen?«

»Das möchte ich lieber nicht am Telefon erklären.«

Daran fand er nichts auszusetzen und brummte: »Wir werden einen Ersatzmann beschaffen.«

»Danke.« Ich legte auf und zog mich an.

Ich mußte damit rechnen, daß Hargerson mir irgendwo auflauerte. Ich nahm mir vor, ihn abzuschütteln, denn bei der Abrechnung mit Willie Vigevano konnte ich ihn nicht gebrauchen.

Ich bedauerte es, daß ich gerade jetzt in diesem beklagenswerten Zustand war – und daß ich keine Waffe hatte. Das waren, abgesehen von Hargerson, meine größten Probleme.

Als ich das Schlafzimmer verließ und die Treppe hinunterging, schrillte das Telefon. Kate hob ab, meldete sich und hielt mir dann den Hörer entgegen. »Für dich. Ein Mädchen.«

»Ein Mädchen?« Ich ergriff den Hörer. »Ja?«

»Mr. Tobin?« Es war eine junge, schwache Stimme, wie man sie bei manchen Mädchen hört, die jeden Augenblick in Ohnmacht zu fallen drohen.

»Stimmt.«

»Mr. Mitchell Tobin? Der Mann, der den Toten im Museum gefunden hat?«

»Stimmt. Wer spricht dort?«

»Ich . . . Ich möchte nur wissen, wer der Tote war.«

»Dann sollten Sie zur Polizei gehen.«

»Oh, ich möchte nichts unternehmen, wenn es nicht George ist«, sagte sie. »Ich . . . Ich möchte niemanden in Schwierigkeiten bringen.«

»Bei mir sind Sie jedenfalls an der falschen Adresse, Miss.«

»Ach, wenn Sie mir wenigstens eine Frage beantworten könnten«, jammerte sie. »Dann wüßte ich, ob er es war oder nicht.«

»Welche Frage?«

»Nun . . . War hinten an seinem Oberschenkel, oberhalb des Knies, ein Muttermal? Ein kleines, orangebraunes Dreieck? Ist Ihnen so was aufgefallen?«

Ich rief mir den Toten ins Gedächtnis zurück, konnte aber beim besten Willen nicht sagen, ob er ein Muttermal an der Stelle gehabt hatte. »Tut mir leid, so genau habe ich ihn mir nicht angesehen. Es war ein ziemlicher Schock für mich.«

»O Gott, können Sie sich denn an gar nichts erinnern?«

»Miss, die Polizisten werden Sie nicht gleich auffressen. Warum gehen Sie nicht zu ihnen? Sie könnten Ihnen zumindest Fotos des Toten vorlegen, und damit werden Sie sich Gewißheit verschaffen . . .«

»Oh, nein, nein – keine Toten mehr! Nein, ich könnte den Anblick von Leichen nicht mehr ertragen!«

Das war eine merkwürdige Aussage. War dieses Mädchen verrückt? Aber ich hatte im Laufe meiner langen Dienstjahre viele Telefongespräche mit Unbekannten geführt und konnte beurteilen, ob jemand ein Spinner war oder nicht. Dieses Mädchen hatte zwar eine auffallend schwache Stimme – aber verrückt war es auf keinen Fall.

»Na, warum kommen Sie nicht zu mir, wenn Sie nicht zur Polizei gehen wollen?« Ich stellte mir Kates beruhigende Wirkung auf das Mädchen vor. »Sie könnten mir die Sache in aller Ruhe erzählen, und dann würde ich noch einmal mein Gedächtnis erforschen.«

»Ich weiß nicht . . .«

»Es liegt bei Ihnen. Jedenfalls wäre es ein Ausweg, wenn Sie nicht zur Polizei gehen wollen.«

»Ja, vermutlich...«

Heute war Mittwoch. Der Mann war am vergangenen Donnerstag ermordet worden, und die Zeitungen sowie das Fernsehen hatten den Fall am Freitag gebracht. Das Mädchen hatte also fünf Tage gebraucht, um sich endlich nach dem Muttermal des Toten zu erkundigen – und noch dazu bei dem Mann, der den Toten gefunden hatte. Dieses Mädchen mußte zweifellos mit äußerster Vorsicht behandelt werden.

»Wir könnten uns auch irgendwo treffen, wenn Ihnen das lieber ist«, sagte ich.

»Ich...«

»Sie müssen sich schon zu einem Entschluß durchringen, Miss«, versetzte ich ungeduldig, denn die Sache mit Willie Vigevano brannte mir auf den Fingernägeln.

»Also gut«, sagte sie. »Aus den Zeitungen weiß ich, daß Sie im Museum Nachtdienst machen. Dort werde ich Sie besuchen.«

»Aber...«

»Nein, alles andere scheidet aus. Ich komme heute nacht zum Museum – aber nur, wenn Sie allein sind.«

»Um welche Zeit?« fragte ich. Vielleicht konnte ich die Sache mit Vigevano so einrichten, daß mir danach noch Zeit für dieses Mädchen blieb.

»Nein, das sage ich Ihnen lieber nicht«, erklärte sie. »Irgendwann im Lauf der Nacht. Ich will mit keinem anderen als mit Ihnen reden.«

Ich dachte an Inspektor Stanton, der mich wenigstens bis zu einem gewissen Grad vor Hargerson in Schutz genommen hatte. Seinetwegen fand ich mich bereit, meine Pläne für diese Nacht zu ändern.

»Na schön«, sagte ich. »Ich erwarte Sie. Haben Sie von dem Beamten gehört, dem Säure ins Gesicht geschüttet wurde?«

»Ja, schrecklich.«

»Klopfen Sie dreimal an, dann nach einer Pause noch zweimal. Falls ich nicht gleich komme, versuchen Sie es noch einmal auf die gleiche Weise. Vielleicht drehe ich gerade eine Runde und kann Sie nicht hören.«

»Gut. Erst dreimal und dann zweimal.« Damit hängte sie ein.

Dunworthy war diesmal noch ungehaltener. Ich erklärte ihm, daß ich mich wider Erwarten wesentlich besser fühlte, und er fragte: »Sehen Sie eigentlich ein, was Sie mit mir anstellen?«

»Entschuldigen Sie, aber ich will schließlich nur meine Pflicht tun.«

»Ach was, Sie wollen bloß Ihren Lohn nicht verlieren«, knurrte er. »Ich kenne Ihre Sorte.«

»Tut mir leid, daß ich Ihnen so viele Ungelegenheiten mache«, sagte ich.

»Na ja, dafür ist unsereins schließlich da!« fauchte er und knallte den Hörer auf.

11

Ich verließ das Haus, ging langsam die Straße hinunter und sah mich nach Hargerson um. Es wäre mir natürlich entschieden lieber gewesen, die Nacht im Bett zu verbringen und die Prellungen zu kurieren. Meine Gedanken kreisten um Hargerson, Willie Vigevano und das Mädchen, das mich angerufen hatte.

An der Ecke der letzten Querstraße vor dem U-Bahnhof sah ich jedoch weder Hargerson noch Vigevano, sondern Marty Kengelberg. Er lehnte an der Kühlerhaube eines neuen Pontiac. Als ich ihn erblickte, wollte ich grinsend auf ihn zueilen – aber zwei Dinge hinderten mich daran: die Schmerzen in meinem steifen Körper und sein Gesichtsausdruck. Er blickte mir keineswegs mit überschwenglicher Freude entgegen.

Was trieb Marty überhaupt hier? Irgend etwas schien in der Luft zu liegen.

»Hallo«, sagte ich, indem ich auf ihn zutrat, »was machst du denn hier?«

»Ich habe auf dich gewartet«, antwortete er, drückte sich von der Kühlerhaube ab und deutete auf den Wagenschlag. »Steig ein. Ich bringe dich zum Museum.«

Machte er sich etwa noch immer Sorgen, daß ich mit Linda angebandelt hatte? Wenn er wieder davon anfing, würde es für uns beide recht peinlich werden.

»Danke«, sagte ich und tat, als wäre alles in bester Ordnung. Wir stiegen ein.

Marty ist ein kräftiger, dunkelhaariger Bursche mit ruhigen Bewegungen und gelassenem Wesen. Nachdem er sich in den fließenden Verkehr eingeordnet hatte, fragte er: »Es ist das Museum of American Graphic Art, nicht wahr?«

»Stimmt.«

»Das hast du in jener Nacht bei deinem Anruf nicht erwähnt.«

»Ich arbeite erst seit einem Monat dort«, sagte ich.

»Hab' ich in der Zeitung gelesen.«

Das Mädchen am Telefon hatte es ebenfalls in der Zeitung gelesen. Ich wußte noch immer nicht, worauf Marty hinauswollte, und deshalb schwieg ich.

»Da ist doch der Mord passiert.«

»Stimmt«, sagte ich.

»In der Nacht, als du mich anriefst.«

Langsam sah ich klarer. Er hatte als einziger die Zusammenhänge durchschaut. »Oh«, sagte ich.

Er streifte mich mit einem Seitenblick und konzentrierte sich wieder auf den Verkehr. »Die Kollegen suchen eine Frau, die in den Fall verwickelt ist.«

»Ja, das ist sie.«

»Linda?«

»Ich wollte nicht, daß sie mit hineingezogen wird . . .«

»Ich weiß.« Er nickte. »Ich weiß, was du wolltest.«

»Ich will es noch immer«, versetzte ich.

Er sah mich wieder an. Wir waren zwar noch Freunde – aber diesmal war er anderer Ansicht als ich. »Inzwischen ist noch mehr geschehen.«

»Ich weiß.«

»Ich rede von dem Kollegen, der das Augenlicht verloren hat.«

»Marty, ich . . .«

»Laß mich ausreden.« Ich sah ihm an, wie schwer es ihm fiel, sich in diesem Augenblick auf den Verkehr zu konzentrieren. Er gehörte zu jenen Männern, die einfach nicht über ihren Schatten springen können.

Eine weitere Komplikation für mich. Hargerson, Vigevano, der unbekannte Tote, und nun auch noch Marty. Wie sollte ich die Sache mit Marty in Ordnung bringen?

»Die Polizei ist der Ansicht, daß zwischen dem Mord und dem Säureattentat eine Verbindung besteht«, sagte er.

»Hargerson teilt diese Ansicht nicht.«

»Wer?« fragte Marty stirnrunzelnd.

»Grinellas Partner. Er heißt Hargerson und meint, die Säure wäre für mich bestimmt gewesen. Er hat mich heute morgen in die Mangel genommen, um alles aus mir herauszuprügeln.«

»Ist ihm das gelungen?«

»Nein.«

Er sah mich interessiert an. »Gehst du deswegen so schlecht? Es sieht aus, als wärst du am ganzen Körper steif.«

»Stimmt.«

Er starrte düster durch die Windschutzscheibe. »Dann stelle ich dir jetzt die gleiche Frage.«

»Willie Vigevano hat Grinella die Säure ins Gesicht geschüttet, und Mort Livingston hat den Wagen gefahren. Sie haben ihn gestohlen und nach der Tat in einen Graben gefahren.«

Marty sah mich erstaunt an. »Bist du sicher?«

»Völlig sicher.« Ich berichtete ihm von meinem Besuch bei Dink und seinem Anruf.

»Hargerson hast du das vorenthalten – warum sagst du es mir?«

»Du bist mein Freund, und ich habe bereits gezeigt, daß ich mit dieser Sache fertig werde.«

»Du kannst die beiden nicht anzeigen, ohne daß dabei die Sache mit Linda herauskommt«, gab er mir zu bedenken.

»Wir werden sehen. Läßt du mir Zeit?«

»Wieviel?«

»Soviel ich brauche.«

Er brütete eine Weile vor sich hin. »Wenn du willst, helfe ich dir dabei«, sagte er dann.

»Ich weiß dein Angebot zu schätzen und werde vielleicht später darauf zurückkommen – im Augenblick noch nicht.«

»Wenn du es nicht allein schaffst, kommt die ganze Sache doch heraus.«

»Ich weiß. Das ist einkalkuliert.«

Er nickte, wechselte das Thema und erkundigte sich nach Kates Befinden. Wir kamen nicht wieder auf den Fall zurück.

Da die Straße vor dem Museum eine Einbahnstraße ist, erbot Marty sich, um den Block herumzufahren, aber ich sagte: »Nein, ich bin viel zu früh dran und möchte mir noch ein wenig die Beine vertreten.«

»Wie du willst.« Er hielt an der Bordsteinkante. »Viel Glück.«

»Danke.« Ich stieg aus, winkte ihm nach und wandte mich dem Portal zu.

Auf halbem Weg erblickte ich den schwarzen Ford, der mit laufendem Motor am Bürgersteig stand: Hargerson. Seufzend trat ich darauf zu. Er hockte allein hinter dem Lenkrad.

Das Seitenfenster war heruntergekurbelt. Ich blieb stehen, stützte mich ans Wagendach und sagte: »Hargerson.«

Er hatte das Museum beobachtet und mich nicht kommen sehen. Jetzt sah er mich schweigend an.

»Nachdem wir den ersten Akt hinter uns haben, will ich Ihnen etwas sagen«, begann ich.

»Glauben Sie ja nicht, wir hätten überhaupt etwas hinter uns, Tobin«, entgegnete er. »Sonst könnten Sie unter Umständen Ihren Nachtdienst versäumen.«

»Hören Sie«, sagte ich, »wir verfolgen beide das gleiche Ziel, ob Sie es nun glauben oder nicht. Wenn Sie mich in Ruhe lassen, werde ich Ihnen die Leute bringen, die für das Säureattentat verantwortlich sind. Das verspreche ich Ihnen. Allerdings müssen Sie mir vertrauen.«

»Warum?«

»Weil Sie sich bereits davon überzeugt haben, daß Sie es ohnehin nicht aus mir herausbekommen.«

Er musterte mich finster. Am liebsten hätte er mir den Schädel gespalten, um zu sehen, was in meinem Kopf vorging. Ich konnte seine Lage verstehen – aber das änderte nichts an meinem Entschluß, die Sache allein und auf meine Art zu erledigen.

Hargerson steckte jetzt in einem ähnlichen Dilemma wie ich damals nach Jocks Ermordung. Er fühlte sich für das Schicksal seines Partners verantwortlich und wollte die Schuldigen um jeden Preis zur

Rechenschaft ziehen. Das konnte ich ihm nicht verdenken, denn ich hatte es ja selbst durchmachen müssen.

»Hören Sie«, sagte ich. »Geben Sie mir Zeit. Wenn ich nicht vorankomme, können Sie die Taktik immer noch ändern.«

»Wieviel Zeit?« fragte er ungeduldig, als wäre jede Stunde, die ich verlangte, bereits zuviel.

Es war Mittwochabend. »Bis zum Wochenende«, antwortete ich.

»Sonnabend.«

»Lassen Sie mir das ganze Wochenende.«

Das gefiel ihm gar nicht. »Warum brauchen Sie so lange?«

»Räumen Sie mir diese Frist ein.«

Er zuckte ungehalten die Schultern. »Also gut, bis Montagmorgen. Wenn Sie es bis dahin nicht geschafft haben, werden Sie sich für zwei bis drei Straftaten zu verantworten haben und hinter Gittern landen.«

Ich wußte, daß das keine leere Drohung war. Er konnte es jederzeit so einrichten, daß er Heroin in meinem Wagen fand oder daß irgendein Mädchen aussagte, ich hätte es belästigt. Solche Sachen konnte Hargerson aus dem Ärmel zaubern und mich damit auf etwa fünf Jahre hinter Gitter bringen. Es war ihm durchaus zuzutrauen, daß er es ernst meinte.

»Montagmorgen«, wiederholte ich. »Mehr Zeit brauche ich nicht.« Insgeheim konnte ich nur hoffen, daß diese Zeitspanne tatsächlich ausreiche.

12

Muller stand wie üblich am Portal. »Gehen Sie lieber noch nicht ins Büro«, sagte er. »Sie streiten da drinnen auf Tod und Leben.«

»Wer?«

»Ramsey und Crane.«

»Worum denn?«

Er schüttelte achselzuckend den Kopf. Die internen Angelegenheiten des Museums interessierten ihn herzlich wenig. »Wer weiß? Sie streiten ganz einfach.«

Ich ging in den ersten Ausstellungsraum, um dort zu warten, bis ich meinen Platz im Büro einnehmen konnte. In einer Ecke hockte Dan Tynebourne. Irgendwie erinnerte er mich an ein großes Kind, das zu einer Party ausstaffiert war, zu der es gar nicht gehen wollte.

Bei meinem Eintritt hob er den Kopf und sprang auf. Seine Behendigkeit überraschte mich.

»Mr. Tobin«, sagte er, und es war eine Mischung aus Kommando und Hilferuf.

»Guten Abend«, erwiderte ich und stellte meine Tasche auf die Bank.

Er kam auf mich zu. »Sagen Sie mir Ihre Ansicht.« Diesmal hörte es sich mehr nach einem Befehl an.

An sich wollte er nicht meine Meinung hören, sondern irgendeine Meinung. Er hatte hier allein vor sich hingebrütet und vermutlich auf das Ende des Streits gewartet.

»Aber gern«, sagte ich. »Worum geht es denn?«

»Die Frage ist«, erklärte er stirnrunzelnd, indem er nach den passenden Worten suchte, »soll das Museum wieder geöffnet werden oder nicht?«

Also das gleiche Problem wie zuvor. War das der Anlaß des Streits zwischen Ramsey und Crane? Das erschien mir unmöglich. »Welche Argumente bringen die beiden Seiten denn vor?« fragte ich.

»Ach, zum Teufel!« schnaubte er wütend. »Ich weiß, daß die Argumente auf beiden Seiten richtig sind, und deshalb bin ich ja so niedergeschlagen.«

»Ramsey möchte das Museum geschlossen halten, wie?«

»Phil behauptet, es wäre auf keinen Fall undemokratisch, und damit hat er recht, nicht wahr? Du lieber Himmel, die Öffentlichkeit hat sich noch nie darum geschert, ob dieses Museum geöffnet oder geschlossen ist.«

Tynebournes Lage war ebenso komisch wie mitleiderregend. Er fühlte sich irgendwie zu Ernest Ramseys Lager hingezogen, hatte aber Phil Crane zu seinem Helden erkoren. Der natürliche Instinkt sagte ihm, daß Ramsey recht hatte – andererseits durfte er aber seinen Helden nicht im Stich lassen.

»Will Crane das Museum öffnen lassen, während die Fälschungen an den Wänden hängen, oder will er sie vorher abnehmen?« fragte ich.

»Oh, die Fälschungen machen ihm nichts aus«, erwiderte Tynebourne ungeduldig und zeigte mir damit, daß der Streit nicht darum ging. »Ganz und gar nichts.«

»Ihnen auch nicht?« fragte ich, um etwas mehr aus ihm herauszuholen.

»Warum sollte mir das etwas ausmachen? Die Kopie einer Kopie, wo liegt denn da der Unterschied? All diese Stücke sind doch ohnehin nur Reproduktionen aus Illustrierten.«

»Warum sollte das Museum dann geschlossen bleiben?«

Er musterte mich scharf, öffnete den Mund, hielt inne, wich meinem Blick aus und murmelte: »Ach, soooo. Ich verstehe, was Sie meinen.«

Offensichtlich verstand er mehr, als ich überhaupt gemeint hatte. Ich wartete geduldig.

»Sie meinen also, die Fälschungen wären kein Grund, das Museum zu schließen, weil sie ohnehin nur Kopien von Kopien sind.«

»Nun, mir scheint, den Besuchern dürften diese Kopien ebenso gefallen wie die Originale«, sagte ich.

»Stimmt genau!«

Lächelnd musterte er die Ausstellungsstücke und war augenscheinlich erleichtert, daß sein innerer Konflikt damit gelöst war.

»Wir werden also öffnen«, sagte er, mehr zu sich selbst als zu mir, und nickte ein paarmal. Dann wandte er sich wieder mir zu. »Phil hat von Anfang an recht gehabt. Es ist erstaunlich, daß er immer wieder recht behält. Manchmal bringt er die verrücktesten Dinge zur Sprache – aber irgendwie behält er dann am Schluß doch wieder recht. Daran sollte ich mich öfter erinnern.« Damit wandte er sich unvermittelt um und verließ den Raum.

Ich hatte mich inzwischen an Dan Tynebournes eigenartiges Verhalten gewöhnt. Ein anderer Mann hätte die Unterhaltung mit irgendeiner Höflichkeitsfloskel abgeschlossen, aber Dan Tynebourne kam gar nicht erst auf diesen Gedanken.

Als ich mich dem Büro näherte, hörte ich eine laute, erregte Männerstimme. Es hörte sich nach Phil Crane an, aber mit Sicherheit vermochte ich das nicht zu sagen.

Wie konnten die Männer sich über diese Frage nur so erregen?

Andrerseits wußte ich aus meiner Dienstzeit bei der Polizei, daß Menschen schon aus weit geringerem Anlaß zur Waffe gegriffen hatten. Eine Frau zum Beispiel war schwer zusammengeschlagen ins Krankenhaus eingeliefert worden, nur weil sie ihrem Mann eine falsche Biersorte geholt hatte.

In solchen Augenblicken verrät sich die Persönlichkeit und der Charakter eines Menschen.

So war es auch bei Crane und Ramsey. Dan Tynebourne hatte beim Betreten des Büros die Tür hinter sich offen gelassen, vielleicht aus Gedankenlosigkeit. Ich stellte mich auf den Korridor und hörte mir die Argumente an.

Crane schrie in höchster Erregung auf Ramsey ein. Dabei brachte er allerlei unverdaute Argumente aus Philosophie und Psychologie vor. Irgendwie erinnerte er mich an einen Schauspieler, der sich noch nicht richtig in seine Rolle hineingelebt hatte. Er dramatisierte die einzelnen Punkte und trug sie mit übertriebenem Pathos vor.

Ernest Ramsey war ein ganz anderer Mann. Er erinnerte mich an einen technisch versierten Boxer, der den Gegner mit kurzen Geraden in Schach hielt und nach jedem einzelnen Schlag zurückfederte. Er sprach wesentlich ruhiger als Crane und fand immer wieder eine offene Stelle, in die er einhaken konnte. Er ließ sich keine Gelegenheit entgehen, den Gegner mürbe zu machen. Somit war er der eigentliche Sieger dieser Auseinandersetzung, falls man überhaupt von einem Sieger reden konnte.

Der interessanteste Punkt war die Tatsache, daß die beiden Kampfhähne gar nicht mehr auf die ursprüngliche Frage zurückkamen, nämlich ob das Museum nun für die Öffentlichkeit geschlossen bleiben sollte oder nicht. Crane faselte von Zeit zu Zeit etwas über demokratische Prinzipien, aber die eigentliche Auseinandersetzung drehte sich längst um anderes. Offenbar herrschte zwischen beiden Männern eine tiefgreifende Feindschaft, die lange Zeit unterschwellig geblieben war und nun zum Ausbruch drängte.

Es fiel Dan Tynebourne unter diesen Umständen schwer, ihre Aufmerksamkeit auf sich zu lenken. Er war mit der festen Überzeugung ins Büro gegangen, das Problem endgültig gelöst zu haben und die Auseinandersetzung damit beenden zu können. Nun sah er keinen Grund, die Sache weiterhin in die Länge zu ziehen.

»Professor Ramsey«, sagte er beim Eintreten, »mir ist jetzt klar geworden . . .«

Weiter kam er nicht. Crane und Ramsey nahmen überhaupt keine Notiz von ihm. Er gab eine komische Figur ab, wie er da stand und nicht einzugreifen vermochte. Ich grinste vor mich hin. Tynebourne glaubte noch immer, der Streit der beiden Männer drehe sich lediglich um das Museum.

Endlich konnte er sich Gehör verschaffen. Phil Crane nutzte die Gelegenheit sofort und rief: »Ah! Selbst Dan hat das inzwischen eingesehen!« Tynebourne war ja sein Schützling.

Ramsey hätte es in seiner augenblicklichen Verfassung sogar mit einer ganzen Armee von Crane-Schützlingen aufgenommen. »Die Ansichten deiner Gefolgsleute interessieren mich nicht«, brummte er.

Dennoch mußte sich die Lage mit Tynebournes Kommen irgendwie ändern, und ich wartete gespannt. Nachdem Tynebourne einmal einen Entschluß gefaßt hatte, war er nicht mehr davon abzubringen. Er trug sein Anliegen ruhig vor und verlieh ihm in der hektischen Atmosphäre dadurch um so mehr Gewicht.

Ramsey wurde verlegen. Seine eiskalten Bemerkungen hatten Crane in die Enge getrieben, aber an Tynebourne prallten sie wirkungslos ab.

»Wir werden die endgültige Entscheidung dem Ausschuß überlassen«, sagte er abschließend und schoß so rasch zur Tür heraus, daß ich mir nicht mehr den Anschein geben konnte, eben erst zufällig gekommen zu sein. Sein Gesicht war hochrot, und als er mich auf dem Korridor stehen sah, herrschte er mich an: »Was machen Sie denn hier?«

Ich blickte auf die Uhr. »Es ist nach neun, und ich bin dafür verantwortlich, daß hier alles in Ordnung ist.«

»Das ist Ihnen bisher vortrefflich gelungen, was?«

Als neuester Angestellter von Allied sah ich keinen Grund, diese Frage zu beantworten. »Ich gebe mir die größte Mühe«, sagte ich. »Entschuldigen Sie.« Ich ging an ihm vorüber ins Büro.

Eigentlich hatte ich mit einer weiteren Bemerkung von Ramsey gerechnet, aber er ging ohne ein Wort davon.

»Na, Mister«, sagte Phil Crane grinsend, »es macht Ihnen wohl Spaß, andere Leute bei ihren Auseinandersetzungen zu beobachten, wie?«

Crane und Tynebourne standen in der Mitte des Raumes. Crane grinste triumphierend, während Tynebourne eher ein wenig verlegen wirkte.

»Mr. Tobin hat mir die Augen geöffnet, Phil«, sagte Tynebourne. »Er hat die Dinge von Anfang an richtig gesehen.«

Eine sichtliche Veränderung ging mit Crane vor. Der Triumph verschwand aus seinem Gesicht und machte einem gewissen Trotz Platz. »Was spielt das schon für eine Rolle?« brummte er. »Öffnen, schließen, was macht das aus? Ich habe von diesem verdammten Museum die Nase voll.«

»Aber die Lage ist im Grunde genommen unverändert«, sagte Tynebourne. »An den Wänden hängen Kopien wie eh und je. Das hast du doch selbst mal gesagt.«

»Ich habe eine Menge Blödsinn geredet«, knurrte Crane und sah Tynebourne finster an. »Kommst du mit?«

»Gewiß.« Tynebourne verstand die plötzliche Veränderung in Crane nicht. Vielleicht verstand Crane sie selbst nicht. Immerhin schien Tynebourne sich für ihn verantwortlich zu fühlen. »Wie du meinst, Phil«, lenkte er ein und legte ihm die Hand auf den Arm.

Crane ging wortlos an mir vorüber, während Tynebourne mir zulächelte. »Vielen Dank für Ihre Worte vorhin.«

»Schon gut.«

»Die vergangene Woche hat uns alle Nerven gekostet«, sagte er.

Davon konnte ich ein besseres Lied singen als sie. Doch das behielt ich für mich und folgte ihnen schweigend zum Portal, um hinter ihnen abzusperren.

13

Kurz nach elf weckte mich das Schrillen des Telefons. Es war Kate. Sie sagte: »Kurz nachdem du gegangen warst, hat jemand angerufen und mir gedroht. Er sagte, er wäre der Mann, der dem Polizisten die

Säure ins Gesicht geschüttet hat.«

Ich war noch nicht ganz bei mir und mußte erst überlegen, wo ich mich überhaupt befand. Ich wußte nur, daß es Kates Stimme war. »Kate – Kate?«

»Hab' ich dich geweckt?«

»Hör mal«, ich versuchte krampfhaft, Ordnung in meine Gedanken zu bringen, »was sagst du da? Jemand hat dir gedroht?«

»Ich bin bei Grace«, antwortete sie. »Nach dem Anruf bin ich sofort mit Bill hergefahren. Jetzt rufe ich dich von Grace aus an.«

Endlich war ich hellwach und erinnerte mich an Willie Vigevano. »Er hat dich angerufen? Wem hat er gedroht – dir oder mir?«

»Er sagte, er wüßte, daß du nicht daheim seist, und es wäre dumm von dir, mich allein im Haus zu lassen, denn sein Vorrat an Säure wäre noch lange nicht verbraucht.«

»Schon gut«, erwiderte ich, »schon gut.« Ich rieb mir das Gesicht und rief die grauen Zellen zur Ordnung.

»Ich hab' dich geweckt«, sagte Kate. »Du hättest heute lieber nicht zum Dienst gehen sollen.«

»Ja, das war dumm von mir«, räumte ich ein. »Ich hätte wissen müssen, daß er durch dich an mich kommen will. Tut mir leid, aber ich war wirklich dumm.«

»Na, hier sind wir jedenfalls in Sicherheit«, beruhigte mich Kate. »Wir werden einfach ein paar Tage bei Grace bleiben.«

Ich hatte so viele Dinge im Kopf, daß ich mich keinem davon gründlich widmen konnte. Es war alles so unendlich kompliziert, die einzelnen Zusammenhänge ließen sich nicht erkennen.

»Ich werde mich darum kümmern«, versprach ich. »Bisher habe ich die Dinge zu sehr treiben lassen, aber jetzt werde ich alles in den Griff bekommen.«

»Du darfst dich nicht in Gefahr bringen, Mitch«, sagte sie. »Bill und ich sind hier vollkommen sicher. Ich wollte dir nur Bescheid geben. Du brauchst nichts zu unternehmen.«

Ich hatte eine ganze Menge zu unternehmen, sagte aber nur: »Mach dir keine Sorgen, Kate. Ich werde mich um alles kümmern und vorsichtig sein.«

»Wie geht's dir überhaupt?« fragte sie.

Mein Körper war wieder steif. Ich hatte mit dem Kopf auf dem Schreibtisch geschlafen, und das war nicht gerade eine besonders bequeme Stellung. »Nicht schlecht«, antwortete ich. »Nur noch ein bißchen verschlafen.«

»Sei vorsichtig«, wiederholte sie. »Bitte, sei recht vorsichtig.«

»Ja. Ich hab's dir doch versprochen.«

Ich hängte ein, stand auf und wanderte ein bißchen herum, um das gestaute Blut wieder in Fluß zu bringen. Vor etwa zwei Stunden hatte ich mich nach der ersten Runde an den Schreibtisch gesetzt und war sofort eingeschlafen.

War das Mädchen etwa inzwischen dagewesen? Hatte ich da. Klopfen überhört? Jetzt ärgerte ich mich, daß ich eingeschlafen war, daß ich nicht gründlich genug über Willie Vigevano nachgedacht und einen Plan geschmiedet hatte, der mich aus diesem ganzen Morast hinausführte. Eine kleine Lüge wegen Linda, und nun wurde alles immer komplizierter.

Ich ging in den Waschraum und wusch mir das Gesicht gründlich mit kaltem Wasser – wütend, weil ich noch acht Stunden an dieses Gebäude gefesselt war und nichts unternehmen konnte. Ich wußte nicht, ob das Mädchen inzwischen dagewesen war oder nicht.

Ich holte die Taschenlampe aus dem Büro, machte eine Runde und fand alles in Ordnung. Unterwegs überlegte ich, was ich tun konnte, vor allem in bezug auf Vigevano.

Ich mußte mich mit ihm befassen, wegen Kate, Grinella und Hargerson – aber wie?

Ich hatte mir vorgestellt, daß ich die Situation schon irgendwie meistern würde – aber auch das war einer jener Punkte, die ich nicht gründlich genug durchdacht hatte. Wenn es mir gelang, Vigevano und Mort Livingston verhaften zu lassen, würden sie zweifellos ihr Motiv erklären, und daran würde Hargerson erkennen, daß ich die ganze Zeit über gelogen hatte; daß Linda Campbell die Frau im Museum gewesen war. Und wenn ich Vigevano wegen eines vorgetäuschten Delikts verhaften ließ – wie Hargerson es mir angedroht hatte –, würde Hargerson kein Verständnis dafür haben.

Hätten die Beamten doch nur den Mordfall und die Fälschungen aufklären können! Dann gäbe es keine Probleme mehr für mich.

Dann konnte ich die Wahrheit über Linda ohne weiteres gestehen, denn dann würde es keine Rolle mehr spielen. Wir beide zählten für die Presse nur, solange wir in direktem Zusammenhang mit einem ungelösten Mordfall standen.

Konnte ich warten, bis sie den Mörder fanden? Sechs Tage waren bereits vergangen, und noch war nicht der geringste Fortschritt zu erkennen. Der Tote war noch immer nicht identifiziert, und auch die Fälschungen waren noch nicht aufgeklärt worden.

Welche Wahl blieb mir? Es bestand keine Hoffnung, daß ich den Fall auf eigene Faust lösen konnte. Bisher hatte ich gewartet und gehofft, aber dadurch war alles nur noch schlimmer geworden. Ich mußte irgend etwas unternehmen, um die komplizierte Situation zu klären.

Zunächst mal kam Willie Vigevano, der Kate gedroht hatte. Das konnte ich auf gar keinen Fall aufschieben. Nach der Runde setzte ich mich ins Büro und nahm das Telefonbuch von Manhattan zur Hand. Mrs. Marie Vigevano wohnte in der Bedford Street im Greenwich Village.

Es war annähernd Mitternacht, und ich rechnete mir aus, daß Willie um diese Zeit daheim war. Doch es meldete sich eine Frauenstimme mit einem unverkennbar italienischen Akzent.

»Spreche ich mit Marie Vigevano?« fragte ich.

»Ja. Wer ist dort, bitte?«

»Kann ich Ihren Sohn Willie sprechen?«

»Nein, er ist noch nicht daheim.«

»Würden Sie ihm etwas ausrichten?«

»Gewiß.«

»Sagen Sie ihm, Mitch Tobin hat angerufen und ...«

»Augenblick, ich muß mir erst einen Bleistift holen.«

Ich wartete, und als sie sich wieder meldete, buchstabierte ich meinen Namen und gab ihr die Telefonnummer des Museums. »Richten Sie Willie bitte aus, daß ich seinen Anruf noch heute nacht erwarte. Sollte er mich aus irgendeinem Grund nicht anrufen können, werde ich morgen persönlich zu Ihnen kommen.«

»Zu mir?«

»Genau«, sagte ich.

»Was wollen Sie denn von mir?«

»Ich möchte vor allem mit Willie reden – aber wenn's nicht anders geht, dann auch mit Ihnen. Wollen Sie ihm das genauso ausrichten?«

»Haben Sie etwas zu verkaufen?«

»Nein. Willie weiß, wer ich bin.«

»Ich werde es ihm ausrichten, sobald er kommt«, versprach sie. »Er wird wohl nicht mehr lange bleiben.«

»Fein. Ich bin die ganze Nacht unter dieser Nummer zu erreichen.«

»Ich werde es ihm sagen.« Sie schien eher neugierig als besorgt zu sein.

Ich legte auf, schaltete das Radio ein, hörte Musik und wartete.

14

Als um zehn nach zwei das Telefon schrillte, nahm ich an, daß es Vigevano war, und meldete mich deswegen recht barsch. Doch es war nicht Vigevano, sondern das Mädchen, das mich hier aufsuchen wollte. Ich erkannte seine Stimme auf Anhieb.

»Ist dort Mr. Tobin?« erkundigte sie sich. »Ich möchte Mr. Tobin sprechen.«

Ich legte sofort einen weicheren Klang in meine Stimme. »Hier spricht Mr. Tobin. Sie haben mich abends in meiner Wohnung angerufen, nicht wahr?«

»Ich wollte Ihnen nur erklären, warum ich nicht kommen konnte.«

»Sie werden doch kommen, nicht wahr?« fragte ich rasch.

»Das weiß ich nicht. Ich bin mir nicht sicher.«

Ich hielt es für wichtig, mit diesem Mädchen zu reden und seine Geschichte zu erfahren. »Ich hätte Sie gern gesprochen, Miss . . .«

Aber sie hütete sich, mir ihren Namen zu nennen. »Ich muß zuerst noch mit jemand anderem reden. Ich werde ihn gleich aufsuchen und mich danach entscheiden. Aber erst muß ich ihn sprechen.«

»Wen?«

»Ich möchte nie jemandem Schwierigkeiten machen.« Nach dem Klang ihrer Stimme war sie einem Tränenausbruch nahe. »Wir müssen uns erst klar werden. Deshalb bin ich noch nicht vorbeigekommen. Ich wollte Ihnen nur Bescheid sagen . . .«

»Werden Sie mich wenigstens noch einmal anrufen, nachdem Sie mit diesem anderen gesprochen haben?«

»Aber ich mache nicht gern Versprechungen. Ich bin meiner Sache einfach noch nicht sicher.«

»Ich weiß, daß Sie mir Ihren Namen nicht nennen wollen, Miss, zumindest jetzt noch nicht«, sagte ich. »Darf ich Ihnen trotzdem eine Frage stellen?«

»Na ja – ich weiß allerdings nicht, ob ich sie beantworten kann.«

»Das verstehe ich. Als Sie mich abends anriefen, erwähnten Sie, daß Sie keine Toten mehr sehen könnten. Möchten Sie mir das ein wenig näher erklären?«

»Oh . . .« Es hörte sich wieder so an, als würde sie gleich in Ohnmacht fallen.

»Wenn es Ihnen zu schwer fällt . . .«, murmelte ich.

»Ich war da in einem Camp«, sagte sie rasch, als wollte sie es so schnell wie möglich hinter sich bringen. »Dort haben sie die Toten in die Bäume gehängt. Statt sie zu begraben, haben sie sie einfach in die Bäume gehängt. Das hing mit ihrer Religion zusammen. Sie hielten es für unmenschlich, einen Toten in der Erde zu vergraben. Sobald man das Camp verließ, stieß man unvermittelt auf diese in den Bäumen hängenden Leichen. Ich fürchtete mich davor, zu sterben und ebenfalls in einen Baum gehängt zu werden, ehe meine Freunde das verhindern konnten. Diese Angst verfogte mich bis in meine Träume.«

Es hörte sich wie ein Alptraum an. Hatte ich mich vielleicht getäuscht, und dieses Mädchen war doch verrückt? »Wo war das?« fragte ich und rechnete insgeheim damit, daß sie mir eine Geschichte vom anderen Planeten auftischen würde.

»In Guatemala«, erwiderte sie. »Wir sollten dort im Dschungel eine Schule aufbauen – aber es war einfach unmöglich. Ich habe mir wirklich die größte Mühe gegeben, um nicht als feige zu gelten – aber schließlich bin ich völlig zusammengebrochen.«

Nach ihrer Stimme zu urteilen, stand sie auch jetzt vor einem Nervenzusammenbruch. »Sie waren also als Entwicklungshelferin eingesetzt?« fragte ich.

»Ja, ich war . . .«

Ich wartete, und als sie nicht fortfuhr, setzte ich zu einer gefährlichen Frage an: »War George ebenfalls beim Peace Corps?«

»Was? Warum fragen Sie ...« Es hörte sich an wie ein im Zimmer gefangener, flatternder Vogel, der vergebens das rettende Fenster sucht.

»Nun, ich dachte mir, Sie hätten dort vielleicht mit ihm zusammengearbeitet«, versuchte ich, sie zu beruhigen. »Sie glaubten, der Tote wäre ein Mann namens George, und das brachte mich auf den Gedanken, daß Sie vielleicht gemeinsam in Guatemala gewesen waren.«

»Oh, nein, so war das nicht.«

»Waren Sie vielleicht in Kanada mit ihm zusammen?«

Das war ebenfalls ein gefährlicher Vorstoß; sie gab keine Antwort.

»Miss?«

Ihre Stimme war so schwach, daß ich sie kaum hören konnte. »Treiben Sie ein Spiel mit mir? Wissen Sie bereits alles?«

»Ich weiß lediglich, daß seine Kleidung aus Kanada stammte. War Ihr Freund George denn in Kanada?«

»Ja«, antwortete sie wie aus weiter Ferne.

»Dann könnte er es also sein.«

»Ja«, hauchte sie.

»Würden Sie mir Georges Nachnamen nennen?«

»Nein, das darf ich nicht, denn ich möchte niemanden in Schwierigkeiten bringen.«

»Wenn George der Tote ist, kann nichts ihm mehr Schwierigkeiten machen.«

»Ich muß erst hören, was Dan davon hält. Ich will auf keinen Fall einen Fehler machen.«

»Dan?« wiederholte ich.

»*Was?*«

»Sie sagten gerade ›Dan‹. Meinen Sie damit Dan Tynebourne?«

»Oh!« stieß sie aus. »O Gott!«

»Miss, ich möchte Sie zu nichts zwingen. Wenn Sie die Sache erst besprechen wollen ... Miss? Miss?«

Sie hatte eingehängt.

15

Ich hätte Dan Tynebourne anrufen können. Ich hätte Dunworthy anrufen und mich im Museum ablösen lassen können, um zu Tynebournes Wohnung zu fahren – aber ich wollte dieses ängstliche Mädchen nicht noch weiter einschüchtern und ließ die Situation zunächst auf sich beruhen.

Außerdem wartete ich noch immer auf den Anruf von Willie Vigevano. Ich wußte, daß er meine Drohung gegen seine Mutter verstanden hatte. Natürlich hatte ich nicht die Absicht, mich an Mrs. Marie Vigevano zu vergreifen, aber ich wollte Willie auf diese Weise unmißverständlich zu verstehen geben, daß diese Angelegenheit nichts mit unseren Familien zu tun hatte, sondern unter uns beiden ausgetragen werden mußte. Er gehörte zu jenen Männern, denen man solche Dinge einbleuen mußte.

Gegen vier Uhr morgens begann ich mich zu fragen, ob ich die Sache nicht vielleicht doch falsch angepackt hatte. Inzwischen mußte er doch sicher daheim sein und die Nachricht von seiner Mutter bekommen haben. Wenn er anrufen wollte, hätte er es bestimmt längst getan.

Ich machte mit der Taschenlampe in der Hand eine weitere Runde durch das Gebäude. Vielleicht wollten Vigevano, Fred Carver und die anderen Burschen mir in der Nähe des Museums auflauern?

Wenn nun das Mädchen kam und da draußen vor dem Museum mit den Kerlen zusammenstieß? Ich kam mir wie ein Jongleur vor, der allmählich die Übersicht verlor.

Als zwanzig Minuten nach vier das Telefon schrillte, hatte ich längst den Gedanken aufgegeben, daß Vigevano noch anrufen könnte, und glaubte, es wäre wieder das Mädchen. Doch es war Vigevano.

»Was soll das heißen, hier in meiner Wohnung anzurufen?« wütete er, nachdem ich mich gemeldet hatte.

»Vigevano?« fragte ich.

»Laß den Blödsinn – du weißt genau, wer hier spricht. Warum, zum Teufel, belästigst du meine Mutter?«

»Du meine Frau –, ich deine Mutter. Der nächste Zug liegt bei dir.«

»Was soll das nun wieder heißen?«

»Das weißt du genau, Vigevano.«

»Was? Willst du deine Wut etwa an einer alten Frau auslassen? Hältst du mich denn für einen ausgemachten Trottel?«

»Ja«, erwiderte ich.

»Wie war das?«

Er wollte unbedingt den hartgesottenen Burschen spielen. »Wenn du glaubst, daß ich dir nicht mit gleicher Münze heimzahle, dann bist du ein ausgemachter Trottel.«

»Du verdammter Bastard, das haben wir gar nicht nötig. Die Sache wird zwischen dir und mir ausgemacht – ausschließlich zwischen dir und mir.«

»In Ordnung«, sagte ich.

»Willst du wissen, wo ich mich in diesem Augenblick befinde?«

»Daran bin ich nicht sonderlich interessiert.«

»Feiger Hund! Ich bin unmittelbar neben deinem verdammten Museum! Wie gefällt dir das?«

Würde er es wagen, herzukommen? Dabei fiel mir ein, daß ich unbewaffnet war. »Ich hätte dir gar nicht zugetraut, daß du dich so nahe heranwagst.«

»Du brauchst nur herauszukommen und bis zur rechten Straßenecke zu gehen. Nur wir beide.«

Das verriet mir, daß er seine Kumpane bei sich hatte. Zweifellos würden sie auf dem Weg zur Straßenecke über mich herfallen. »Ich werde dich aufsuchen, wenn es so weit ist«, entgegnete ich. »Bei Tageslicht, und wenn ich bereit bin.«

»Mieser Feigling!« höhnte er. »Du schickst jemandem die Polizei auf den Hals – aber du bist nicht bereit, wie ein Mann zu kämpfen.«

Ausgerechnet dieser Kerl mußte von Feigheit reden, nachdem er Grinella hinterhältig Säure ins Gesicht geschüttet hatte.

»Ich komme zu dir, wenn ich bereit bin«, sagte ich und hängte ein.

Ich rechnete damit, daß er noch einmal anrufen würde, aber das tat er nicht. Ich blieb am Telefon sitzen und dachte über die Situation nach. Wenn das Mädchen sich nun doch entschloß, zu kommen? Würden Vigevano und seine Kumpane über sie herfallen?

Ich spielte einen Augenblick mit dem Gedanken, Marty Kengelberg anzurufen, aber der mußte das Mädchen ebenfalls nur verschrekken.

Am besten war es natürlich, wenn das Mädchen überhaupt nicht kam. Das paßte mir zwar nicht recht in den Kram, aber im Augenblick war es tatsächlich die beste Lösung.

Ich nahm wieder das Telefonbuch von Manhattan zur Hand und suchte Dan Tynebournes Nummer. Er wohnte in der West 24th Street in Chelsea. Ich wählte seine Nummer und ließ die Glocke am anderen Ende der Leitung etwa zwanzigmal anschlagen. Anscheinend war Tynebourne nicht daheim, denn einen so tiefen Schlaf konnte er nicht haben.

Waren sie vielleicht unterwegs zu mir? Wenn das Mädchen sich zu dem Entschluß durchgerungen hatte, zu mir zu kommen, dann war es nur natürlich, daß sie Tynebourne mitbrachte.

Wie aber sollte ich verhindern, daß Vigevano und seine Kumpane sich einschalteten?

Ich verließ das Büro, ging in den Oberstock und stellte mich an eins der drei hohen Fenster mit Ausblick auf die Straße. Es war annähernd fünf Uhr, und draußen herrschte kaum Verkehr.

Ich setzte mich ans Fenster und blickte auf die Straße hinunter. Ab und zu wandte ich mich um und spähte in die Dunkelheit.

Unwillkürlich mußte ich daran denken, wie der Mörder sein Opfer in jener Nacht hier heraufgetragen hatte. Jeden Augenblick rechnete ich damit, Geräusche hinter meinem Rücken zu hören.

Doch es waren nur meine überreizten Nerven. In Wirklichkeit blieb im Museum alles ruhig. Von Zeit zu Zeit mußte ich mich zwingen, den Blick auf die Straße zu richten und nicht die Taschenlampe einzuschalten und in den Raum zu leuchten.

Ich wartete. Kurz nach sechs wurde es draußen hell, und die ersten Fußgänger tauchten auf. Ich schob die Bank an ihren Platz zurück und ging hinunter.

Gegen halb sieben wählte ich erneut Tynebournes Nummer und ließ es diesmal mindestens dreißigmal klingeln, ohne daß sich jemand meldete. Ich ließ den Anschluß vom Amt überprüfen und erhielt die Versicherung, daß alles in Ordnung wäre.

Offenbar waren Tynebourne und das Mädchen zu dem Entschluß

gekommen, mich aus dem Spiel zu lassen. Wahrscheinlich hatte Tynebourne die Kleine zu einem sicheren Ort gebracht, wo sie nicht erreicht werden konnte. Er wußte ja inzwischen, daß ihr sein Name über die Lippen gerutscht war. Vermutlich wollten sich beide für einige Zeit aus dem Verkehr ziehen.

Mir blieb gar keine andere Wahl, als sie in ihrem Versteck aufzuspüren. Sie waren Amateure auf diesem Gebiet, und Amateure verstecken sich zumeist bei Freunden. Ich war sicher, daß ich sie aufspüren konnte.

16

Gegen sieben Uhr verließ ich das Museum, sah mich sorgfältig nach allen Seiten um, konnte aber keine Spur von Vigevano und seinen Komplicen entdecken. Fred Carver und Mort Livingston kannte ich persönlich und traute mir auch zu, Vigevano auf Anhieb zu erkennen. Nur bei Knox war ich meiner Sache nicht sicher. Doch darüber machte ich mir keine Sorgen, denn diese Kerle traten gewöhnlich in Rudeln auf.

Außerdem bevorzugten sie für ihr schmutziges Handwerk die Dunkelheit, und inzwischen war es heller Tag. Nachdem ich mich vergewissert hatte, daß sie in ihre Höhlen zurückgekrochen waren, konzentrierte ich mich erneut auf Dan Tynebourne und das Mädchen.

Mein Körper war noch immer steif, aber die Schmerzen hatten nachgelassen, und aus irgendeinem Grund spürte ich keine Müdigkeit. Anscheinend hatten mir die beiden Stunden Schlaf im Büro gut getan, und außerdem hatte ich jetzt ein festes Ziel vor Augen.

Vielleicht waren Tynebourne und das Mädchen doch in seiner Wohnung und meldeten sich nur nicht am Telefon. Ich hielt ein Taxi an und fuhr nach Chelsea.

Daniel Tynebourne wohnte in Apartment 3-C eines großen Miethauses. Ich klingelte ein paarmal, aber es rührte sich nichts. Es war noch zu früh, beim Verwalter zu läuten. Da kam zum Glück eine Frau zur Haustür heraus, und ich schlüpfte hinein, ehe die Tür wieder ins Schloß fiel. Sie streifte mich mit einem argwöhnischen Blick, aber meine graue Uniform schien sie zu beeindrucken, denn sie sagte nichts.

Ich blieb vor Dans Tür stehen und zog einen schmalen, biegsamen Plastikstreifen aus der Tasche. Vorsichtig zwängte ich den Streifen ins Schloß und drehte ihn geduldig, bis ich die Tür öffnen konnte.

Im Apartment war alles dunkel. Ich blieb auf dem Korridor stehen und rief: »Tynebourne? Dan Tynebourne?«

Keine Antwort. Vorsichtig drang ich weiter ein.

Die kleine, aus Wohn- und Schlafzimmer, Kochnische und Bad bestehende Wohnung war leer. Ich schaltete das Licht ein, denn die Räume waren verhältnismäßig dunkel, und sah mich nach irgendwelchen Anhaltspunkten um. Ich hoffte, etwas über den Namen des Mädchens oder des Toten zu erfahren.

Aber ich fand nichts. Neben dem Bücherregal hing ein großes Poster von Che Guevera, und auf dem Nachttisch lag eine stark zerlesene Ausgabe von Joseph Conrads *Der Geheimagent.*

Auf dem Schreibtisch lagen neben einigen Notizen die halbkorrigierten Arbeiten der Studenten vom City College. Ich nahm das neben dem Telefonapparat liegende Notizbuch zur Hand und blätterte es durch. Kein Mann mit dem Vornamen George, und auch keine Adresse in Kanada.

Es standen überhaupt nur wenige Namen in dem kleinen Buch. Phil Cranes Privatadresse und die Telefonnummer seiner Dienststellen waren angeführt, das Museum und etwa ein Dutzend weiterer Nummern. Ernest Ramsey war nicht darunter.

Ich setzte mich an Tynebournes Schreibtisch und begann, seine Freunde anzurufen.

Als erstes weckte ich einen gewissen Edward Barber. Ich erklärte ihm, daß ich Dan Tynebourne erreichen wollte, und er herrschte mich an: »Was, zum Teufel, sollte er hier bei mir?«

»Ich dachte, er hätte einen Freund besucht«, erwiderte ich.

»Na, hier ist er jedenfalls nicht!«

»Kennen Sie einen seiner Freunde namens George? Jemanden, der einige Zeit in Kanada gelebt hat?«

»Wer, zum Teufel, sind Sie überhaupt?«

»Mein Name ist Tobin«, antwortete ich. »Ich bin mit Dan befreundet und arbeite im Museum of American Graphic Art.«

»So ein Bödsinn«, knurrte er. »Mich deswegen im Schlaf zu stören!« Er hängte ein.

Phil Crane meldete sich auf Anhieb in seiner Wohnung.

»Hier spricht Mitch Tobin, der Mann vom Nachtdienst im Museum.«

»Ja, was gibt's?«

»Ich suche Dan Tynebourne.«

»Dan? Wozu denn?«

»Ich habe mit ihm zu reden. Da er nicht daheim ist, dachte ich mir, er wäre vielleicht bei Freunden.«

»Wahrscheinlich ist er schon zum Dienst gegangen.«

»Nein, er ist schon seit Stunden nicht mehr daheim gewesen.«

»Hören Sie«, sagte er, »Sie scheinen ja recht besorgt zu sein. Was ist denn passiert?«

»Ich suche ihn, weil ich mit ihm zu reden habe. Ein Mädchen wollte mich sprechen, aber vorher noch mal zu Tynebourne gehen. Das ist alles.«

»Was für ein Mädchen?«

»Spielt keine Rolle«, erwiderte ich. Ich konnte die Sache ja nicht jedesmal von neuem erklären. »Da er nicht daheim ist, versuche ich, ihn bei Freunden zu erreichen.

»Na schön, wenn ich ihn sehen sollte, richte ich ihm aus, er soll sich mit Ihnen in Verbindung setzen.«

»Vielen Dank.«

»Geben Sie mir Ihre Telefonnummer?«

Ich gab ihm die Nummer meiner Wohnung, und er fragte: »Wo ist das? In Queens?«

»Ja.«

»Dann geben Sie mir auch die Adresse, falls er nicht anrufen will.«

Ich nannte ihm die Adresse. »Ich weiß allerdings nicht, wann ich daheim zu erreichen bin.«

»Geht in Ordnung. Ich werde Dan Bescheid geben.«

»Danke. Kennen Sie übrigens einen Freund Tynebournes namens George?«

»George? George was?«

»Den Nachnamen kenne ich nicht, glaube aber, daß er ein paar

Jahre in Kanada gelebt hat.«

»Nein, davon ist mir nichts bekannt«, sagte Crane.

»Vielleicht einer seiner Studenten vom City College.«

»Das wäre möglich.«

»Sonst noch was?«

»Nein«, antwortete ich. »Das wäre alles.«

»Also dann bis später.«

Als nächstes kam Edna Fuller in Brooklyn an die Reihe, aber dort meldete sich niemand. Ich notierte mir ihre Nummer und die Adresse auf einem Zettel.

Meine Augenlider wurden schwer wie Blei. Die durchwachte Nacht begann sich auszuwirken. Der nächste Name im Notizbuch war William Goldberg, East 17th Street in Manhattan. Ehe ich seine Nummer wählte, ging ich in die Kochnische, um mir eine Tasse Kaffee zu kochen.

Auf dem Kühlschrank stand eine Dose mit Pulverkaffee. Ich machte mir eine Tasse und kehrte damit zum Schreibtisch zurück. Das Aroma munterte mich ein wenig auf, und während der Kaffee abkühlte, wählte ich William Goldbergs Nummer.

Eine Frau meldete sich. Ich erkundigte mich nach Mr. William Goldberg, und sie sagte: »Oh, er hält sich zur Zeit an der Küste auf und kommt erst in etwa zwei Wochen zurück.«

»Ich suche seinen Freund Dan Tynebourne. Kennen Sie ihn?«

»Nein. Bill wohnt bei mir in Untermiete, und ich kenne seine Freunde kaum.«

»Würden Sie ihm etwas ausrichten, wenn er sich zufällig bei Ihnen melden sollte?« fragte ich.

»Ich sage Ihnen doch, daß er noch zwei Wochen in Los Angeles bleibt.«

»Nein, ich meine nicht Goldberg, sondern Tynebourne.«

»Warum sollte der sich bei mir melden?«

Ich hielt es für möglich, daß Tynebourne bei ihr in der Wohnung war. Wenn er sich bei einem Freund versteckte, würde er seine Anwesenheit natürlich leugnen. Ich konnte nur hoffen, daß ihm meine Nachricht übermittelt wurde.

»Nun, es besteht die Möglichkeit, daß er bei Ihnen auftaucht. Wollen Sie ihm bitte ausrichten, daß Mitch Tobin ihn dringend sprechen möchte?«

»Hören Sie«, erwiderte die Frau gereizt, »Sie haben mich aus dem Bett geholt.«

»Das tut mir leid. Ich wollte Dan Tynebourne nur versichern . . .«

»Ich kenne keinen Dan Tynebourne«, schnitt sie mir das Wort ab. »Sie kenne ich ebenfalls nicht, und es ist zwecklos, irgendeine Nachricht zu hinterlassen.« Damit hängte sie ein.

Ich trank einen Schluck Kaffee und griff erneut zum Hörer.

Linda Jenkins wohnte in der Bronx. Ihre Mutter meldete sich und sagte, Linda wäre bereits zur Arbeit gegangen. Als ich Dan Tynebourne erwähnte, sagte sie: »Oh, das ist schon lange vorbei.«

»Linda ist nicht mehr mit Dan befreundet?«

»Seit über einem Jahr nicht mehr. Sie hat jetzt einen netten, jungen Mann.«

Ich fragte mich unwillkürlich, was die Mutter wohl gegen Tynebourne einzuwenden gehabt hatte. Da kam mir ein Gedanke, und ich fragte: »War einer von Lindas Freunden vielleicht in letzter Zeit beim Entwicklungsdienst in Guatemala?«

»Guatemala? Nein, Linda kennt keinen solchen Mann.«

»Sind Sie sicher? Vielleicht ein alter Schulfreund?«

»Ich kenne Lindas Freunde«, sagte sie mit solcher Überzeugung, daß ich ihr glauben mußte.

Immerhin lenkte mich das von Tynebournes Notizbuch ab. Wenn das Mädchen sich erst an Tynebourne hatte wenden wollen, dann ging daraus hervor, daß er diesen George, den Toten aus dem Museum, kannte. Sein Foto war in den Zeitungen veröffentlicht worden, aber weder Tynebourne noch sonst jemand hatte sich gemeldet.

War Tynebourne der Fälscher?

Ich kam mir mit einem Mal sehr dumm vor. Wenn ich nicht so müde und von Willie Vigevano abgelenkt worden wäre . . .

Aber das spielte jetzt keine Rolle. Wenn das Mädchen sich bei Tynebourne Rat holen wollte, dann kannte er den toten George und hatte vorsätzlich gelogen. Wollte er sich hinter dieser Lüge verbergen? War er Georges Partner bei den Fälschungen gewesen?

Und Georges Mörder?

Wenn Tynebourne George ermordet hatte und nur das Mädchen die Verbindung zwischen Tynebourne und George herstellen konnte, dann schwebte sie jetzt in großer Gefahr – falls sie überhaupt noch am Leben war.

Diesmal rief ich keine Nummer aus Tynebournes Notizbuch an, sondern das für das Museum zuständige Polizeirevier. Bislang hatte ich nichts von dem Mädchen erwähnt, weil ich es nicht von Polizeibeamten hatte verscheuchen wollen – aber jetzt sah die Situation ganz anders aus.

Ich fragte nach Hargerson, aber der war zur Zeit nicht im Dienst. Ich gab meinen Namen und Tynebournes Telefonnummer durch, bat den Beamten, sich mit Hargerson in Verbindung zu setzen, damit er mich in der nächsten halben Stunde zurückrief. »Es ist wirklich wichtig«, setzte ich hinzu.

Der Beamte versprach mir, Hargerson sofort zu verständigen.

Während der nächsten zehn Minuten durchsuchte ich die Schubladen und Schränke in Tynebournes Wohn- und Schlafzimmer, konnte jedoch keinen Anhaltspunkt finden.

Da schrillte das Telefon. Es war Hargerson. »Sie wollten mir sagen, wer das mit der Säure war?«

»Noch nicht«, erwiderte ich. »Es geht um eine andere Sache.«

»Andere Sachen interessieren mich nicht.«

»Das hier wird Sie bestimmt interessieren«, versetzte ich. »Es handelt sich nämlich um den unbekannten Toten im Museum.«

»Na schön«, brummte er zögernd. »Was gibt's?«

Ich berichtete ihm von dem Anruf des Mädchens, das mich im Laufe der Nacht im Museum aufsuchen wollte.

»Wann war das?« unterbrach er mich.

»Gestern abend, kurz bevor ich zum Dienst ging.«

»Warum haben Sie es nicht gleich gemeldet?«

»Sie machte einen äußerst ängstlichen Eindruck. Ich wollte erst mal mit ihr reden.«

»Ja, Sie wollen immer alles auf eigene Faust machen.«

»Das war keineswegs meine Absicht. Jedenfalls ist sie nicht gekommen, sondern hat mich im Museum angerufen, und...«

»Wann?«

»Etwa gegen zwei Uhr morgens.«

»Und?«

»Sie sagte, sie wollte sich zuerst an Dan Tynebourne wenden. Er ist der junge Mann, der...«

»Ich kenne ihn. Er arbeitet für das Museum.«

»Ja. Sie versprach, noch einmal anzurufen, nachdem sie ihn gesprochen hatte, aber sie hat sich nicht wieder gemeldet. Gegen vier habe ich wiederholt bei Tynebourne angerufen, und als niemand antwortete, bin ich in seine Wohnung gefahren; da sitze ich auch jetzt noch. Ich habe ein paar seiner Freunde angerufen, ihn aber nicht erreichen können.«

»Wie sind Sie in die Wohnung gekommen?«

»Ich habe mir Zutritt verschafft«, antwortete ich.

»Eingebrochen?«

»Hargerson, es handelt sich um einen Mordfall. Wollen Sie wirklich Zeit damit vergeuden, mir eine Anzeige wegen unbefugten Eindringens an den Hals zu hängen?«

»Es geht darum, daß niemand Sie eingelassen hat.«

»Stimmt, niemand hat mich eingelassen«, pflichtete ich ihm bei.

»Und was wollen Sie nun von mir?« fragte er. »Soll ich das Mädchen suchen?«

Ich führte ihm die Verbindung von Tynebourne zu George vor Augen, aus der hervorging, daß Tynebourne offensichtlich gelogen hatte. »Das bedeutet, daß er der Fälscher sein könnte«, schloß ich.

»Und vielleicht auch der Mörder.«

»Ein ziemlich weiter Sprung.«

»Zugegeben – aber das Mädchen ist das Bindeglied der Kette, und nun ist Tynebourne mit ihm verschwunden.«

»Hm.«

»Es wird höchste Zeit, daß Sie sich der Sache annehmen«, sagte ich.

»Die Zeit ist überfällig – auch in der anderen Sache. Was bewegt Sie nur immer wieder, die Dinge in die eigene Hand zu nehmen? Wollen Sie sich an der Polizei rächen, weil Sie aus dem Dienst entlassen wurden?«

»Nein, das hatte ich verdient.«

»Sie hätten es verdient, in eine Kiste gepackt und vergraben zu werden, Tobin.«

»Möglich.«

»Statt dessen laufen Sie noch immer frei herum. Dabei sind Sie schuld, daß mein Partner das Augenlicht verloren hat.«

»Nein, daran bin ich nicht schuld.«

»Die Säure war für Sie bestimmt.«

»Stimmt. Aber mal angenommen, sie hätte mich erwischt, würden Sie dann sagen, ich hätte mir selbst das Augenlicht geraubt?«

»Kommt drauf an, wer es getan hat – und warum. Befassen Sie sich eigentlich noch immer mit den Frauen anderer Männer?«

»Nein. Wollen Sie nichts wegen Tynebourne und dem Mädchen unternehmen?«

»Wenn er sie umgebracht hat, ist sie längst tot. Wenn er sie noch nicht umgebracht hat, wird er es auch nicht mehr tun. Wie lautet Tynebournes Adresse?«

Ich gab sie ihm.

»Fein«, sagte er. »Bleiben Sie dort. Ich komme in etwa einer Stunde.«

»Nein, ich fahre jetzt heim. Sie brauchen mich nicht mehr.«

»Sie könnten das Mädchen gegebenenfalls identifizieren.«

»Ich habe sie nie gesehen und kenne nur ihre Stimme. Ich fahre jetzt heim. Sie kennen ja meine Adresse. Ich bin vollkommen zerschlagen und müde. Zuerst muß ich mich mal gründlich ausschlafen.«

»Sie sind zerschlagen, wie?« Ein Unterton der Befriedigung schwang in seiner Stimme mit.

»Machen Sie's gut, Hargerson.« Ich hängte ein.

17

In der U-Bahn schlief ich bis zur Endstation durch, so daß ich wieder zurückfahren mußte. Es war annähernd zehn Uhr, als ich mein Haus erreichte, und ich war momentan so groggy, daß ich zunächst gar nicht begriff, warum Kate und Bill nicht daheim waren. Dann fiel mir ein, daß Willie Vigevano sie mit ihrem Anruf aus dem Haus vertrieben hatte. Sie wollten bei Grace draußen in Long Island bleiben, bis die ganze Sache vorüber war.

Ich rief Allied an, ließ mich mit Grazko verbinden und erklärte ihm, daß ich abends unter keinen Umständen zum Nachtdienst kommen könnte. Er nahm es ziemlich gelassen auf und wünschte mir sogar noch gute Besserung. Anscheinend hatte Dunworthy ihm von meinen beiden Anrufen berichtet.

Ich war nicht nur erschöpft, sondern auch hungrig. Ich machte mir ein paar Sandwiches mit Käse, trank ein Glas Milch dazu und aß stehend in der Küche. Dann kletterte ich die Treppe hinauf, zog mich aus, schloß die Jalousien und legte mich ins Bett.

Im Traum lag ich auf dem Boden eines kleinen, mitten im Ozean treibenden Bootes und hatte nicht die Kraft, mich auf die Füße zu stellen. Von allen Seiten streckten sich Hände ins Boot, um mich zu ergreifen, und ich rollte ununterbrochen von einer Seite auf die andere. Immer mehr Hände griffen nach mir, und meine Kräfte ließen nach.

Der schrille Klang des Telefons riß mich aus dem Schlaf. Ich war wie betäubt und konnte mir das Schrillen zunächst nicht erklären. Diese Laute schienen etwas von mir zu wollen.

Das Telefon. Es war, als hätte ich gerade eine wichtige Entdeckung gemacht. Ich zog die Arme unter der Decke hervor, richtete mich ein wenig auf und nahm den Hörer ab.

Es war Hargerson. Er nahm sich gar nicht erst die Mühe, seinen Namen zu nennen, aber die Stimme war unverkennbar. »Wir haben Ihr Pärchen«, sagte er.

Ich war noch immer nicht ganz wach und dachte, er redete von Vigevano, Fred Carver und den beiden anderen Kerlen. Aber woher sollte er über sie Bescheid wissen?

»Wie haben Sie das geschafft?« fragte ich.

»Wir haben sie aus dem Hudson River gefischt«, antwortete er. »Tynebourne und das Mädchen.«

Jetzt war ich hellwach und sah, daß es dunkel im Raum war. Das Telefon hatte ich mit einem automatischen Griff gefunden. Ich starrte stirnrunzelnd in die Dunkelheit und fragte: »Beide tot?«

»Stimmt. In Tynebournes Wagen. Er ist über die Kaimauer ins

Wasser gestürzt.«

»Das kann doch kein Unfall sein.«

»Nein«, pflichtete Hargerson mir bei, »war es auch nicht. Nach dem Obduktionsbericht sind sie mit irgendeinem Mittel betäubt und dann im Wagen über die Kaimauer gestoßen worden. Der Täter wollte uns einen Unfall vorspiegeln.«

»Dumm von ihm«, bemerkte ich.

»Ja, er ist dumm, aber auch merkwürdig. Zum Beispiel, daß er den Toten gewaschen hat, ehe er ihn vom Keller hinauftrug. Das war dumm, denn es hat ihm nichts eingebracht, aber gerade mit dieser merkwürdigen Dummheit hat er eine Menge Verwirrung gestiftet.«

»Aber diesmal nicht.«

»Nein, diesmal nicht.«

Ich rieb mir die Stirn; Mein Körper sehnte sich nach Schlaf. »Wie spät ist es?«

»Drei Viertel neun.«

Dann hatte ich also fast elf Stunden durchgeschlafen. »Ich habe geschlafen.«

»Na, jetzt sind Sie jedenfalls wach, wie?«

Ich nickte, aber das konnte er natürlich nicht sehen. »Hargerson?«

»Yeah?«

»Warum haben Sie mich angerufen und mir das alles gesagt?«

»Wissen Sie das nicht? Können Sie es sich gar nicht denken?«

Nach seinem Tonfall zu schließen, hatte er eine unangenehme Überraschung für mich auf Lager, aber ich kam beim besten Willen nicht darauf. »Nein.«

»Auch das geht auf Ihr Konto«, sagte er. »Sie mußten ja alles für sich behalten, bis es zu spät war. Erst das Augenlicht meines Partners, und nun auch noch Tynebourne und das Mädchen. Geht alles auf Ihr Konto.«

»Das stimmt nicht«, protestierte ich. »Das ist unfair.«

Doch da hatte er bereits aufgelegt.

Ich lag eine Weile mit dem Hörer in der Hand da und starrte in die Dunkelheit. Ich wußte, daß Hargerson die Dinge falsch sah, aber es störte mich trotzdem. Ich hatte lange Zeit mit Schuldgefühlen gelebt und schien nun automatisch jede Schuld zu akzeptieren, die mir in die Schuhe geschoben wurde.

Mit dem Mädchen hatte ich mir wirklich die größte Mühe gegeben und konnte mir keine erfolgreichere Taktik vorstellen. Es hätte ihr bestimmt nicht geholfen, wenn ich die Polizei früher verständigt hätte.

Irgendwo geisterte der Mörder herum. Sein Motiv für den Mord an George war unmöglich zu erraten, aber offensichtlich hatte er Tynebourne und das Mädchen umgebracht, um zu verhindern, daß sie George identifizierten und Aussagen über ihn machten.

Der Hörer begann an meinem Ohr zu summen. Wie lange hatte ich hier grübelnd gelegen und dabei den Hörer ans Ohr gehalten? Ich legte ihn auf die Gabel zurück, streckte mich aus und dachte weiter nach. Da fiel mir der Traum wieder ein, und plötzlich kannte ich die Deutung: Vigevano auf der einen Seite, und der Mörder auf der anderen. Dabei konnte ich nichts gegen sie unternehmen.

Ich zermarterte mir den Kopf, ohne zu merken, daß ich darüber einschlief.

18

Ich war wach.

Ich war ebenso aufgewacht, wie ich eingeschlafen war – ohne es zu merken. Zigarettenrauch drang mir in die Nase.

Ich war nicht allein im Haus!

Ich richtete mich ein wenig im Bett auf und lauschte angestrengt. Meine Augen waren weit offen, aber ich konnte in der Dunkelheit nichts ausmachen. Lautlos atmete ich mit geschlossenem Mund.

Nur Zigarettenrauch.

Allmählich gewann ich die Überzeugung, daß ich allein im Schlafzimmer war. Wenn jemand hier gewesen wäre, hätte ich zumindest seinen Atem hören können. Doch es war jemand im Haus.

Als ich noch bei der Polizei gewesen war und oft Nachtdienst gehabt hatte, hatte ich an beiden Schlafzimmerfenstern schwere Jalousien angebracht, damit ich am Tag ungestört schlafen konnte. In dieser Dunkelheit war ich nun so blind wie Grinella.

In einem solchen Fall hat es keinen Sinn, die Augen auf die Dunkelheit einzustellen; dazu war sie zu total.

Es hatte auch keinen Sinn, länger zu warten. Vorsichtig schob ich die Beine über die Bettkante und kletterte lautlos aus dem Bett. Vor allem achtete ich darauf, daß die Matratze nicht knarrte. Es war zwar niemand im Raum, aber er konnte unmittelbar vor der Tür stehen und auf jedes Geräusch lauschen.

Wer war es? Vigevano? Oder der Mörder? Welche Hände streckten sich jetzt nach mir aus?

Tynebourne und das Mädchen hatten eine Gefahr für den Mörder bedeutet, denn sie kannten George und seine Verbindung zu ihm. Ich hatte von alledem keine Ahnung.

Es mußte also Vigevano sein. Sie waren in das dunkle Haus eingedrungen und glaubten, ich sei noch im Dienst. Nun warteten sie da unten, um mir beim Heimkommen eine saftige Überraschung zu bereiten.

Doch ich zog es vor, ihnen zuvorzukommen.

Zunächst mußte ich mich anziehen. Hemd und Hose sind natürlich kein Schutz gegen eine Waffe, aber sie bieten eine Art psychologischen Schild, denn ein nackter Mann hat kein Selbstvertrauen.

Ich kannte mich natürlich im Schlafzimmer genau aus; dennoch bewegte ich mich äußerst vorsichtig. Ich streifte Hemd und Hose über und ließ die Schuhe stehen.

Ich brauchte irgendeine Waffe. Eine Pistole hatte ich nicht im Haus, aber mir fiel der Schlagstock ein, der noch aus meiner Dienstzeit stammte. Er hing im Kleiderschrank, und die Frage war nur, ob ich ihn lautlos herausholen konnte.

Die Schranktüren waren nicht ganz geschlossen. Ich zog sie langsam auf, weil sie gelegentlich knarrten, und schob die Hand durch die Kleidungsstücke. Eine Gürtelschnalle scharrte am Boden, und ich blieb wie erstarrt stehen.

Endlich berührte meine Hand den Schlagstock, und ich tastete mich zu der Lederschlaufe hinauf. Langsam hob ich die Schlaufe vom Haken und zog den Stock zwischen den Kleidungsstücken hervor. Ich wagte erst wieder zu atmen, als ich den Stock in der Hand hielt.

Dann drehte ich mich um und huschte lautlos zur Tür. Sie war nur angelehnt, so daß ich mich über die Schwelle tasten konnte.

Durch die offenen Türen von Billies Zimmer und meinem Arbeitsraum fiel ein schwacher Lichtschimmer auf den Korridor. Er reichte jedoch nicht aus, um den oberen Treppenabsatz zu beleuchten.

Schritt für Schritt tastete ich mich zur Treppe vor und blieb zwischendurch immer wieder lauschend stehen. Ich roch keinen Zigarettenrauch mehr, aber vielleicht hatte sich meine Nase inzwischen daran gewöhnt. Nichts deutete darauf hin, daß da unten im Haus jemand auf mich wartete.

Waren sie etwa wieder abgezogen?

Es war durchaus möglich, daß Vigevano oder jemand anderer eine Weile da unten gewartet hatte und wieder gegangen war.

Im Augenblick konnte ich nur hoffen, daß es so war. Ich erreichte den oberen Treppenabsatz und stellte den Fuß vorsichtig auf die oberste Stufe.

Die Treppe führt an der Wand nach unten, und ich setzte den Fuß unmittelbar neben der Wand auf, damit die Stufen nicht knarrten. Mein Rücken war der Wand zugewandt, und ich hielt den Schlagstock fest in der Hand. Langsam tastete ich mich Stufe um Stufe hinunter, und setzte jedesmal erst vorsichtig den Fußballen auf, ehe ich das Gewicht darauf verlagerte.

Ich wußte natürlich, daß es insgesamt fünfzehn Stufen waren. Es muß volle drei Minuten gedauert haben, bis ich den unteren Treppenabsatz erreichte. Noch immer hatte ich nichts gehört. Waren die Burschen tatsächlich wieder abgehauen?

Am Fuß der Treppe lehnte ich mich an. Die Haustür lag links von mir, die Tür zum Wohnzimmer geradeaus, die Küchentür rechts. Durch das Oberlicht der Haustür und das Wohnzimmerfenster drang ein schwacher Lichtschimmer, in dem lediglich die Umrisse der Möbel auszumachen waren.

Ich wollte mich gerade der Küchentür zuwenden, als ich plötzlich einen Schritt hörte. Die Küchentür wurde aufgestoßen, und jemand flüsterte halblaut: »Willie!«

Ich lehnte mich wieder an die Wand. Es war zu dunkel, um etwas zu erkennen.

Eine andere Stimme meldete sich aus dem Wohnzimmer. »Yeah?

Was gibt's?« Ich erkannte Vigevanos Stimme.

»Ist was bei dir?«

»Das wirst du rechtzeitig merken, Fred.«

Fred Carver war also in der Küche und Vigevano im Wohnzimmer. Carver war angeblich der Boss der Bande, aber nach den Stimmen zu urteilen, führte Vigevano hier das Kommando.

»Halt die Augen offen!« brummte Carver und schloß die Küchentür, ehe Vigevano zu einer Erwiderung ansetzen konnte.

Das waren also zwei. Wo steckten die beiden anderen?

Und was sollte ich unternehmen? Wenn es mir gelang, unbemerkt das Haus zu verlassen, konnte ich sie allesamt festnehmen lassen. Damit bekam Hargerson auch den Mann in die Hand, der seinem Partner die Säure ins Gesicht geschüttet hatte. Wie ich Hargerson kannte, würde er nicht lange mit diesen Kerlen fackeln.

War das der beste Ausweg? Wenn sich die Festnahme hier abspielte, also weitab vom Museum, würde die Presse kaum Notiz davon nehmen.

Andererseits war es Hargerson durchaus zuzutrauen, daß er die ganze Sache aufbauschte.

Würde sich der Versuch lohnen? Ja, dachte ich und stellte mir meinen Anruf bei Hargerson vor: »Eine Gruppe von zwei bis vier Männern ist in mein Haus eingebrochen. Zwei von ihnen habe ich seit meiner Dienstzeit bei der Polizei nicht mehr gesehen, und die beiden anderen kenne ich überhaupt nicht. Ich glaube, Sie dürften ein ganz besonderes Interesse an diesen Kerlen haben.« Das würde genügen, um Hargerson im Handumdrehn herzubringen.

Doch da war zunächst das Problem, an ein Telefon zu kommen. Das leiseste Geräusch konnte mich verraten.

Die Haustür. Als ich überlegte, ob ich es mit einem raschen Satz wagen konnte, sah ich an der Innenseite der Tür einen Schatten vorüberhuschen.

Sie waren also tatsächlich alle gekommen. Der Schatten an der Tür mußte Knox oder Livingston sein, der mich dort bei meinem Kommen in Empfang nehmen wollte.

Warum glaubten sie eigentlich, daß ich kommen würde? Vielleicht hatten sie am Museum gewartet und gesehen, daß heute ein anderer

Mann meinen Dienst übernommen hatte. Da waren sie hergefahren, hatten das Haus dunkel angetroffen und sich entschlossen, hier auf mich zu warten.

Das obere Stockwerk? Ich rief mir die Außenwände ins Gedächtnis und überlegte, ob ich vielleicht von einem Fenster aus den Garten erreichen konnte, ohne mir einen Fuß zu brechen oder zumindest den Knöchel zu verstauchen. Nein, da gab es keine Möglichkeit. Wir hatten keine Werkzeugschuppen oder dergleichen mit einem schrägen Dach. Die von mir erbaute Mauer konnte ich ebenfalls nicht erreichen, weil es auf dieser Seite keine Fenster gab.

Ich bin zwar für mein Alter recht gut in Form, aber beileibe kein Akrobat, der so einfach aus dem Fenster springt.

Mein Blick war nach wie vor auf die Haustür gerichtet, und ich überlegte meinen nächsten Schritt. Der Schatten an der Tür huschte ruhelos hin und her.

Wenn ich mich an ihm vorbeizwängen konnte . . .

Ich drückte mich mit dem Rücken von der Wand ab. Im Gegensatz zu diesen Männern kannte ich mich hier aus und lief nicht Gefahr, gegen irgendein Möbelstück zu prallen. Außerdem kam mir zugute, daß sie von meiner Anwesenheit nichts ahnten.

Der Mann an der Haustür hielt mir den Rücken zugewandt und blickte zur Scheibe hinaus. Nach den Schatten zu urteilen, wippte er auf den Fußballen.

Lautlos schlich ich auf ihn zu und blieb stehen, als er unvermittelt zwei Schritte nach links machte und dann wieder auf den alten Platz zurückkehrte.

Es mußte alles rasch und genau gehen. Er blickte wieder auf die Straße hinaus, und ich stand jetzt so dicht hinter ihm, daß ich ihm hätte die Hand auf die Schulter legen können. Ich trat ein wenig zur Seite, denn ich wollte nicht, daß er gegen die Tür stürzte. Dann holte ich mit dem Schlagstock aus, straffte mich in den Schultern und zielte auf die Stelle hinter seinem Ohr. Als der Schlag landete, schob ich die andere Hand unter seinen Kragen und fing sein Gewicht ab, damit er nicht polternd zu Boden fiel.

Ich mußte ihn wohl genau getroffen haben, denn er hing mir wie ein Toter in der Hand. Noch hatte ich das Gleichgewicht nicht wiedererlangt und fürchtete, daß die beiden Männer jeden Augenblick angestürmt kämen. Doch alles blieb ruhig.

Langsam ließ ich den Bewußtlosen zu Boden gleiten. Als ich mich bückte, spürte ich wieder die Prellungen, die mich den ganzen Tag geplagt hatten. Der Schlaf hatte mir gut getan, aber noch waren die Schmerzen nicht ganz überstanden.

Ich richtete mich auf und lauschte. Es war nichts zu hören. Als ich die Hand nach dem Türknopf ausstreckte erklang plötzlich Vigevanos Stimme im Wohnzimmer: »Mort?«

Der Mann, den ich niedergeschlagen hatte, war also Livingston. Was nun?

Ich umspannte den Türknopf mit der Hand und zögerte. Vielleicht würde die Flucht aus dem Haus gelingen, aber eben nur vielleicht, denn ich hatte hier drei Gegner auf dem Hals. Selbst wenn ich es schaffte, würden sie das Haus natürlich ebenfalls verlassen.

Nein, so ging es nicht. Ich wandte mich von der Tür ab. Vigevano hatte sich nicht gemeldet, weil er etwa irgendein Geräusch gehört hätte, sondern er hatte einfach einem Impuls nachgegeben.

Etwa zwei Sekunden verstrichen, bis ich einen Entschluß faßte und mich in der Dunkelheit neben der Wohnzimmertür aufbaute. Noch wußte ich nicht genau, wo Vigevano sich aufhielt, aber ich rechnete damit, daß er sich noch einmal meldete, zumal Livingston keine Antwort gegeben hatte.

»Mort? Was ist denn?« fragte er, während ich über die Türschwelle ins Wohnzimmer huschte.

Er saß rechts von mir auf dem Sofa. Ich drang mit dem erhobenen Schlagstock auf ihn ein und suchte nach einem geeigneten Ziel.

Allerdings hatte ich nicht damit gerechnet, daß er das Licht einschalten würde. Als die Tischlampe plötzlich aufflammte, war ich momentan völlig geblendet.

Immerhin wußte ich, wo Vigevano saß, und huschte um den Tisch herum. Da rappelte er sich hoch und schrie: »Fred! Er ist hier!«

Ich schlug zu, aber diesmal war es kein solcher Volltreffer wie bei Livingston. Ich holte von der Seite her aus und traf ihn neben dem Kinn. Die Wucht des Schlages streckte ihn der Länge nach auf das Sofa – aber er war nicht völlig betäubt.

Jetzt stand ich zwischen Tisch und Sofa, und Fred Carver mußte jeden Augenblick von der Küche hereingestürmt kommen. Ich stieß den Tisch aus dem Weg und schlug Vigevano noch einmal auf den Kopf. Auch dieser Schlag war ungenau, denn er landete zum Teil auf der Schulter.

Ich hörte das leise Geräusch der Schwingtür hinter mir. Da huschte ich auf die Verbindungstür zum Speisezimmer zu, um von dort aus den Garten zu erreichen.

Jetzt war nicht mehr damit zu rechnen, daß ich Hargerson verständigen konnte. Ich konnte lediglich versuchen, mich so gut wie möglich aus der Affäre zu ziehen.

»Jerry!« rief Fred Carver im Wohnzimmer. »Schneid ihm den Weg ab!«

Vermutlich würde ich in der Küche also auf den vierten Mann, Jerry Knox, prallen.

Meine Augen hatten sich inzwischen auf das Licht im Wohnzimmer eingestellt, und es würde eine Weile dauern, bis sie sich wieder an die Dunkelheit gewöhnten. Im Speisezimmer prallte ich vor lauter Hast mit der Hüfte gegen die Tischkante.

Als ich die Küchentür erreichte, fand ich das Licht eingeschaltet. Ich stürmte mit zusammengekniffenen Augen über die Schwelle und bekam prompt einen Schlag auf die Nasenwurzel. Instinktiv schirmte ich den nächsten Schlag mit den Armen ab, und dabei entglitt mir der Schlagstock.

Doch die Lederschlaufe hing an meinem Handgelenk. Ich spähte zwischen den vorgehaltenen Armen durch und erkannte einen kräftigen Mann, der gerade mit dem Besenstiel zum nächsten Schlag ausholte.

Ich duckte ab und ließ mich auf ein Knie fallen. Meine linke Hand fand den Herd, und ich zog mich daran hoch.

Jerry Knox hatte das Ziel verfehlt und war dadurch aus dem Gleichgewicht gekommen. Ich drang mit dem erhobenen Schlagstock auf ihn ein.

Aber im Gegensatz zu mir war er noch nicht vom Kampf gezeichnet. Statt noch einmal mit dem Besenstiel auszuholen, rammte er ihn mir einfach in die Magengrube.

Ich klappte wie ein Taschenmesser zusammen und fiel zu Boden. Der Schlagstock landete neben mir.

Stechende Schmerzen tobten in meiner Magengrube. Dennoch versuchte ich mich wieder hochzurappeln und mit dem Schlagstock zur Wehr zu setzen.

Ein Fuß drückte meine Hand mit dem Schlagstock zu Boden. Über mir erklang eine Stimme: »Bei der geringsten Bewegung haue ich dir den Kopf von den Schultern, du verdammter Hund!«

Ich machte keine Bewegung.

19

Als Fred Carver in den Raum kam, löste Jerry Knox die Lederschlaufe des Schlagstocks von meinem Handgelenk, und dann ließen sie mich aufstehen. Ich raffte mich langsam hoch und rieb mir den schmerzenden Handrücken. Tränen standen mir in den Augen, und mein Gesicht kam mir aufgedunsen vor. Ich blinzelte die beiden vor mir stehenden Männer an und wartete ab, was sie zu unternehmen gedachten.

Fred Carver hatte sich in den vergangenen Jahren kaum verändert. Ich hatte ihn seinerzeit ein paarmal festgenommen, doch zu einer wesentlichen Verurteilung war es nie gekommen. Er vergriff sich immer nur an Männern, die schwächer waren als er und sich somit nicht zum Kampf stellten. Das stand deutlich in seinem Gesicht geschrieben, in seinen Augen, und es lag auch in seinem Tonfall.

Jerry Knox war etwa der gleiche Typ, nur jünger und mit dichtem, rotem Haar. Im Augenblick gab er sich damit zufrieden, daß er mich niedergeschlagen hatte.

Doch Fred Carver genügte das bei weitem nicht. Sobald ich wieder auf den Beinen stand, baute er sich unmittelbar vor mir auf.

»Du bildest dir also ein, du könntest uns in die Pfanne hauen was?« Er holte mit der rechten Hand aus und knallte mir den Handrücken ins Gesicht. Weitere Tränen traten mir in die Augen. Ich wich rücklings bis an die Wand und schirmte das Gesicht mit den Unterarmen ab.

Er setzte mir nicht nach, denn Jerry Knox lenkte ihn mit der Frage ab: »Was machen wir mit ihm?«

»Wir erteilen ihm eine Lektion«, knurrte Carver.

»Yeah, aber ich möchte gern wissen, wie er hereingekommen ist.«

»Was macht das schon? Hauptsache, wir haben ihn.«

»Ich werde draußen erwartet«, murmelte ich mit angeschwollenen Lippen.

»Halt die Klappe!« herrschte Carver mich an.

»Na ja, aber woher sollen wir wissen, ob er nicht ein paar Männer mitgebracht hat?« fragte Knox.

»Weil er allein hier ist.«

»Ja, jetzt schon. Aber wo, zum Teufel, steckt Mort?«

Das überstieg Carvers Denkvermögen. Er streifte Knox und mich mit einem finsteren Blick und wandte sich der Schwingtür zum Korridor zu. »Laß ihn nicht aus den Augen!« Damit verschwand er auf dem Gang.

Ich sah Knox an. Konnte ich vielleicht irgend etwas unternehmen? Er hatte den Besen inzwischen in die Ecke gestellt und die Lederschlaufe des Schlagstocks über das rechte Handgelenk gestreift. In meinem angeschlagenen Zustand konnte ich nur hilflos die weitere Entwicklung abwarten.

Die Küchentür schwang noch hin und her, als Carver an der Haustür rief: »Verdammt, sieh dir das an! Bring das Schwein her, Jerry!«

Ich setzte mich sofort in Bewegung, und Knox folgte mir. Einen Augenblick spielte ich mit dem Gedanken, Knox die Tür ins Gesicht zu schlagen und an Fred Carver vorüber aus dem Haus zu stürmen – aber ich sah ein, daß mir das nie gelingen würde.

Carver stand über den noch immer reglos am Boden liegenden Mort Livingston gebeugt. Er starrte mich an. »Sieh nur, was du angerichtet hast! Er blutet!«

Ich blieb schweigend stehen, und Knox rammte mir den Schlagstock in den Rücken.

In diesem Augenblick kam Willie Vigevano mit fliegenden Fäusten aus dem Wohnzimmer auf mich zugestürmt.

Ich ließ mich gegen die Wand fallen und schmetterte ihm einen wuchtigen linken Haken ins Gesicht. Ehe ich aber zu einem weiteren Schlag ansetzen konnte, knallte Knox mir den Schlagstock auf die

Schulter, und Carver schrie aus Leibeskräften, wir sollten alle aufhören.

Ich lehnte keuchend an der Wand und sah zu, wie Carver und Knox Vigevano an den Armen festhielten und auf ihn einredeten. Vigevano gebärdete sich wie ein Wahnsinniger und schrie immer wieder, daß er mich auf der Stelle umbringen wollte. Carver und Knox – hauptsächlich Knox – erklärten ihm, daß wir zunächst mal mit Livingston aus dem Haus verschwinden sollten, falls jemand herkam, um mich zu suchen.

Endlich beruhigte sich Vigevano ein wenig, und sie beugten sich erneut über Livingston. Knox hielt den Stock schlagbereit in der Hand.

Sie richteten Livingston auf, lehnten ihn mit dem Rücken an die Wand und bearbeiteten sein Gesicht. Doch sie brachten ihn nicht wieder zu sich, und nach seinem Aussehen zu urteilen, würde er bestimmt noch eine ganze Weile bewußtlos bleiben. Es sah nach einer schweren Gehirnerschütterung aus.

Knox wurde ungeduldig. »Komm her und bewach' diesen Vogel, Willie«, sagte er. »Ich muß Mort aufwecken.«

»Mit dem größten Vergnügen«, erwiderte Vigevano, kam auf uns zu und ließ sich von Knox den Schlagstock geben. Er machte sich gar nicht erst die Mühe, die Lederschlaufe über das Handgelenk zu streifen. »Jetzt kannst du's ja mal versuchen, Schlaukopf!« knurrte er.

Ich machte keine Bewegung.

Knox trat an die Wand, kauerte vor Livingston und schob seine Augenlider hoch. »He, Mort!« rief er und schlug ihm ein paarmal leicht auf die Wangen. Er bekam keine Antwort.

»Das haben wir alles schon versucht«, brummte Carver.

Knox richtete sich auf und blickte auf Livingston hinunter. »Was er braucht, ist ein anständiger Schluck Whisky«, sagte er. »Ich habe draußen im Wagen eine Flasche.«

Er öffnete die Haustür, trat einen Schritt über die Schwelle, wurde durch einen Kopfschuß niedergestreckt und sackte zu Boden.

20

Ich war ebenso überrascht wie die anderen – aber ich faßte mich schneller. Ich stieß Vigevano ins Wohnzimmer zurück und eilte in die Küche.

Na ja, eilen ist sicher nicht das richtige Wort, denn ich war ziemlich mitgenommen. Es war eher ein Mittelding zwischen Taumeln und Stolpern.

Dennoch durchquerte ich die Küche, erreichte den Garten und ließ mich erschöpft hinter einem Steinhaufen auf alle viere fallen.

Meine Mauer. Sie war inzwischen etwa sechs Fuß hoch, und unter normalen Umständen hätte ich sie ohne weiteres überwinden können – aber nicht jetzt. Meine Arme zitterten, und die Beine versagten mir immer wieder den Dienst. Ich hatte zwei Jahre an dieser Wand gebaut, und nun war ich ihr Gefangener.

Keuchend kauerte ich hinter dem Steinhaufen und wartete darauf, wieder zu Kräften zu kommen, ehe Carver und Vigevano mich hier stellten. Doch mir blieben nur wenige Sekunden, und dabei hätte ich Tage gebraucht, um mich wieder richtig zu erholen.

Immerhin konnte ich ein wenig verschnaufen, und diese Pause verdankte ich dem unerwarteten Schuß aus der Dunkelheit. Außerdem hatte ich es jetzt nur noch mit zwei Gegnern zu tun.

Darüber hinaus hatte mir dieser Schuß aber auch noch verraten, wer den Mann im Museum ermordet hatte.

Es ist merkwürdig, wie das Gehirn mitunter völlig unabhängig von allen Vorgängen in der Umwelt arbeitet. In dem Augenblick, als der Schuß in der Dunkelheit krachte, wußte ich, warum er fiel und wer den Unbekannten im Museum, Dan Tynebourne und das Mädchen ermordet hatte. Dieses Wissen nützte mir in meiner gegenwärtigen Situation zwar nichts – aber es drängte sich mir auf.

Jetzt war ich zu einer eingehenden Unterhaltung mit Hargerson bereit und konnte ihm klaren Wein über die Frau einschenken, die mich an jenem Abend im Museum besucht hatte. Weiterhin konnte ich ihm die Motive sowohl für die Morde als auch für die Fälschungen erklären.

Doch etwas stand meiner Unterhaltung mit Hargerson noch im

Weg: die Hintertür öffnete sich, und Willie Vigevano kam mich mit einem Messer in der Hand suchen.

Ich kauerte hinter dem Steinhaufen und tastete nach irgendeiner Waffe. Meine Hand berührte einen Spatenstiel. Nicht gerade ein guter Schutz gegen ein gezücktes Messer, aber besser als gar nichts. Ich hielt den Spaten in der rechten und einen Mauerstein in der linken Hand. Langsam verstrichen die Sekunden.

Vigevano kam allein. Deutlich hob sich seine Silhouette gegen die helle Küchentür ab. Er trat vorsichtig in den Garten und hielt das blitzende Messer wie ein Minensuchgerät in der ausgestreckten Hand. Er führte es ununterbrochen von einer Seite auf die andere.

Wo steckte Carver?

Ich spähte über den Steinhaufen hinweg auf die Hintertür und rechnete jeden Augenblick mit seinem Kommen. Als die Minuten verstrichen, merkte ich, daß er nicht kommen würde. Entweder kauerte er noch an der Haustür, oder er hatte sein Heil in der Flucht gesucht und Vigevano zurückgelassen.

Vigevano und ich standen uns nun allein gegenüber, genau wie er es nachts am Telefon versprochen hatte. Allerdings hatte er die weitaus überlegene Waffe und war in wesentlich besserer Kondition als ich.

Er kam langsam näher. Ich konnte mir das eingefrorene Grinsen in seinen Mundwinkeln und den suchenden Blick seiner Augen vorstellen. Hier im dunklen Schatten des Steinhaufens würde er mich nicht so schnell entdecken.

Er war bereits gefährlich nahe. Meine Knie zitterten, Tränen standen mir in den Augen, und ich hielt die provisorischen Waffen bereit und wartete.

Er stand seitlich von mir und spähte in die Dunkelheit des Gartens. Ich wollte erst handeln, wenn er mich entdeckte.

Doch er drang weiter vor. Zweimal blickte er in meine Richtung, ohne mich zu sehen. Er war an mir vorüber, und ich starrte nun auf seinen Rücken.

Ich entspannte mich ein wenig, um den Krampf in Armen und Beinen zu lockern. Vigevano ging einen Schritt weiter in den Garten.

Konnte ich vor ihm durch die Hintertür ins Haus huschen? Ich wandte den Kopf und blickte auf die Küchentür. Nein, ich würde es nicht schaffen. Beim leisesten Geräusch würde er sich sofort auf mich stürzen.

Ich blickte wieder zu Vigevano hin. Es gab nur einen Ausweg.

Ich stützte mich mit der Hand auf den Steinhaufen und richtete mich langsam auf. Meine Lage war so gut wie hoffnungslos – aber es war meine einzige Chance.

Vigevano hörte mich kommen. Er wirbelte herum. Das Messer blitzte in seiner Hand, und ich sah sein haßerfülltes Gesicht.

Wir prallten gegeneinander, aber seine Bewegungen waren wesentlich geschmeidiger. Ich schleuderte den Mauerstein von unten her auf ihn, und er schien gar nicht zu begreifen, was da auf ihn zugeflogen kam. Im letzten Bruchteil der Sekunde duckte er sich, geriet dabei ein wenig aus dem Gleichgewicht, und sofort knallte ich den Spaten auf seine Messerhand.

Er stieß einen gellenden Schrei aus und ließ das Messer fallen. Der Spaten entglitt meiner Hand, und nun standen wir uns unbewaffnet gegenüber.

Als er mich in der vergangenen Nacht im Museum angerufen hatte, war mir unwillkürlich die Erinnerung an jene Kämpfe gekommen, die wir als Jungen auf dem Schulhof ausgefochten hatten. In einer automatischen Reflexbewegung sprang ich ihn jetzt an und schlang ihm die Arme um die Hüften.

Das hatten wir früher immer als Bärengriff bezeichnet. Ich spannte die Muskeln an und versuchte, ihn nach hinten durchzudrücken.

Doch Vigevano hatte ebenfalls Erfahrungen auf dem Schulhof gesammelt. Er wußte, wie man einem derartigen Angriff begegnen konnte. Er trat mir gegen die Schienbeine und verkrallte die Hände in meinem Haar. Ja, er biß mir sogar in die Schulter. Aber ich wußte, daß dies meine einzige Chance war, und hielt unerbittlich fest.

Es schien eine Ewigkeit zu dauern, bis ich seinen Widerstand endlich brechen konnte. Zwischendurch hatte ich wiederholt gefürchtet, daß die Kräfte mich verlassen könnten, aber irgendwie gelang es mir immer wieder, die Schwächeperioden zu überwinden.

Schlagartig war sein Widerstand gebrochen. Mit heiserer, unartikulierter Stimme keuchte er: »Du bringst mich um!« Kraftlos ließ er die Hände baumeln.

In diesem Augenblick wußte ich, daß ich gewonnen hatte. Ich hatte damit gerechnet, daß ich hier an Ort und Stelle sterben würde und mich mit dem Mut der Verzweiflung in diesen Kampf gestürzt. Jetzt drückte ich ihn weit nach hinten durch, bis er auf den Schulterblättern landete, während ich auf ihm lag.

Er war vollkommen klar, konnte aber nicht mehr kämpfen. Ich kniete auf seinem Brustkasten – getreu der Methode vom Schulhof – und schlug ihm die Fäuste ins Gesicht, bis er das Bewußtsein verlor. Dann setzte ich mich neben ihn und atmete tief durch.

Am liebsten hätte ich die Augen geschlossen, um auf der Stelle einzuschlafen, aber das konnte ich mir natürlich nicht leisten. Carver steckte möglicherweise noch irgendwo im Haus. Livingston war inzwischen vielleicht wieder zu sich gekommen, und auch Vigevano würde nicht lange bewußtlos bleiben. Ich hatte noch eine Menge zu tun.

Erstens Vigevano. Zunächst spielte ich mit dem Gedanken, ihn an Händen und Füßen zu fesseln, aber ich wußte nicht, ob ich noch die Kraft in den Händen hätte, die Knoten fest genug anzuziehen. Sein rasender Puls zeigte mir, daß er bald wieder zu sich kommen würde.

Schließlich konnte ich hier nicht stehen bleiben und ihn jedesmal, wenn er die Augen wieder öffnete, mit einem Mauerstein bewußtlos schlagen. Ich schnitt eine Grimasse und versuchte mich auf einen anderen Punkt zu konzentrieren.

Das Haus. Carver, Livingston, Knox.

Langsam rappelte ich mich hoch, taumelnd wie ein Betrunkener. Eine Weile suchte ich nach Vigevanos Messer, und als ich es nicht fand, gab ich die Suche auf. Mit hängenden Armen wankte ich auf die Küchentür zu.

Carver war verschwunden. Die Haustür stand weit offen. Knox und Livingston lagen auf dem Boden. Ich schloß die Tür und vergewisserte mich, daß Knox tot war. Livingstons Atemzüge waren unregelmäßig. Offensichtlich litt er wirklich an einer schweren Gehirnerschütterung.

Eine verteufelte Situation.

Ich ging in die Küche, öffnete eine Schublade und zog eine Rolle dünnen Draht hervor. Damit kehrte ich in den Garten zurück und drehte Vigevano auf den Bauch. Mit dem Draht fesselte ich seine Handgelenke, ließ ihn in dieser Stellung liegen und ging wieder ins Haus.

Jeder einzelne Schritt fiel mir schwer. Mit letzter Kraft nahm ich den Telefonhörer ab.

21

Ich hörte die Sirenen, als ich mich etwa einen Block entfernt hatte. Die Streifenwagen hielten vor meinem Haus.

Ich hatte das zuständige Polizeirevier angerufen und meine Adresse durchgegeben. Knox war ohnehin nicht mehr zu helfen, aber Livingston mußte so schnell wie möglich ins Krankenhaus gebracht werden. Außerdem wollte ich Vigevano keine Zeit zur Flucht lassen. Ohne meinen Namen zu nennen, hatte ich aufgehängt und das Haus verlassen. Jede Bewegung fiel mir schwer – aber diese Sache mußte noch heute nacht abgeschlossen werden. Morgen konnte ich mich hinlegen und gründlich ausschlafen.

Ich sah das rote Neonlicht einer Taverne und ging hinein. Ich gehöre nicht zu den Männern, die ihre Abende in Lokalen verbringen, und deshalb kannte mich weder der Barkeeper noch die vier anwesenden Gäste. Sie musterten mich mit einem flüchtigen Blick und konzentrierten sich dann wieder auf das Fernsehprogramm. Es liefen gerade die Elf-Uhr-Nachrichten.

Der Barkeeper schlurfte heran. »Was darf's sein?«

Ich bestellte einen Jack Daniel's on the rocks, um mich ein wenig aufzumuntern. Als er den Drink brachte, reichte ich ihm einen Fünf-Dollar-Schein und ließ mir ein paar Münzen für den Fernsprecher geben. Dann nippte ich an dem Glas und ging in die Telefonzelle. Zum Glück war es in der Taverne ziemlich dunkel, so daß meine Erscheinung nicht weiter auffiel.

Ich setzte mich in die enge Zelle, warf eine Münze ein und wählte die Nummer von Hargersons Dienststelle. Er war natürlich nicht da. Ich sagte, es wäre wichtig, daß er mich gleich anriefe und gab meinen Namen und die Nummer des Telefons durch. Der Beamte versprach, sich sofort mit Hargerson in Verbindung zu setzen. Ich hängte ein und verließ die Zelle.

»Ich erwarte einen Anruf«, sagte ich zu dem Barkeeper.

»In Ordnung«, erwiderte er, ohne den Blick vom Fernseher zu wenden.

Ich setzte mich an den Tisch in der Nähe der Telefonzelle. Wieder drohte mich die Müdigkeit zu übermannen, und ich setzte mich aufrecht auf den Stuhl.

Ein Krankenwagen brauste mit eingeschalteter Sirene vorüber. Die Gäste warfen einen kurzen Blick auf die Straße, konzentrierten sich aber gleich wieder auf das Fernsehprogramm. Ich nippte an meinem Drink und wartete.

Ich konnte mir lebhaft vorstellen, wie es jetzt in meinem Haus zuging. Weitere Streifen- und Krankenwagen kamen und fuhren wieder ab.

In den folgenden Tagen würde ich eine ganze Reihe von Erklärungen abgeben müssen – aber erst mußte diese Sache ein für allemal abgeschlossen werden, und danach wollte ich mich gründlich ausschlafen.

Hargerson rief nach einer knappen halben Stunde an.

»Wenn Sie Vertrauen zu mir haben und alles tun, was ich Ihnen sage, werde ich noch heute nacht die ganze Sache aufklären«, sagte ich.

»Was meinen Sie mit ›die ganze Sache‹? Ich will nur den Mann in die Hand bekommen, der die Säure geschüttet hat.«

»Und den Mörder aus dem Museum«, entgegnete ich. »Dazu auch den Fälscher mitsamt dem Motiv.«

Er schwieg eine Weile. »Das alles haben Sie?« fragte er dann. »So plötzlich?«

»Ja.«

»Zuvor hatten Sie es nicht; erst jetzt.«

»Ich werde Ihnen alles erklären«, versprach ich. »Es liegt allerdings noch nicht genug gegen den Mörder vor. Dazu brauche ich Sie.«

»Tobin, was, zum Teufel, haben Sie vor?«

»Ich will diesen Fall abschließen«, antwortete ich. »Damit ich endlich wieder in Ruhe und Frieden leben kann. Ich verspreche, Ihnen alles zu liefern, was Sie brauchen. Sind Sie einverstanden, daß ich die Sache auf meine Weise beende?«

Diesmal legte er eine längere Pause ein. »Na schön, Tobin«, sagte er schließlich. »Ich mache mit – bis zu einem bestimmten Punkt.«

»Mehr verlange ich gar nicht. Heute abend ist es in meinem Haus zu Komplikationen gekommen, so daß ich mich drücken mußte. Wahrscheinlich fahnden die Beamten nach mir, aber ich kann mich erst stellen, wenn diese Sache abgeschlossen ist. Ich möchte, daß Sie mich hier abholen – aber nur Sie allein. Okay?«

»Ich komme allein«, versprach er. »Alles weitere hängt dann von Ihnen ab.«

»Natürlich.«

»Wenn Sie versuchen, mich an der Nase herumzuführen, sperre ich Sie auf der Stelle ein.«

»In Ordnung.« Ich nannte ihm die Adresse der Taverne, und er versprach, innerhalb einer Stunde zu kommen. Ich verließ die Zelle und bestellte mir noch einen Jack Daniel's. Dann setzte ich mich wieder an den Tisch und wartete.

22

Eine Hand rüttelte mich an der Schulter, und eine Stimme sagte: »Okay, kommen Sie zu sich!«

Ich fuhr hoch, sah mich in der dunklen Taverne um und kehrte langsam in die Wirklichkeit zurück.

Der Barkeeper ließ die Hand auf meiner Schulter. Sein finsterer Blick gab mir deutlich zu verstehen, daß er auf Gäste wie mich keinen Wert legte. »Hier können Sie Ihren Rausch nicht ausschlafen, Freundchen«, brummte er. »Gehen Sie lieber heim.«

Ich war eingeschlafen, ohne es zu merken. Ich warf einen Blick auf das Fernsehprogramm. »Wie spät . . .« Meine Kehle war so ausgetrocknet, daß ich noch einmal ansetzen mußte. »Wie spät ist es?«

Er blickte auf die Uhr. »Zehn vor eins.«

Die anderen Gäste sahen abwechselnd zu meinem Tisch herüber oder zum Fernseher. »Tut mir leid«, sagte ich. »Ich wollte nicht einschlafen.«

»Gehen Sie heim«, wiederholte er und rüttelte mich noch einmal leicht an der Schulter.

Offensichtlich hatte er mich inzwischen ein bißchen genauer unter die Lupe genommen und hielt mich für eine Art Penner. So etwas konnte er natürlich in seinem Lokal nicht brauchen. Er half mir auf die Beine und führte mich zur Tür.

Jetzt waren keine Sirenen mehr zu hören. Inzwischen hatten sie im Haus alles in Ordnung gebracht, und wahrscheinlich wartete dort ein Beamter auf meine oder auf Kates Rückkehr.

Ich erblickte einen unter einem Baum geparkten Wagen, ging auf ihn zu und setzte mich auf die Stoßstange. Nach dem kurzen Schlaf war mir kalt.

Eine Viertelstunde später fuhr der schwarze Ford vor, und Hargerson stieg aus. Ich stand auf und rief seinen Namen.

Er schien meine krächzende Stimme nicht zu erkennen. Seine Hand war nach der Türklinke ausgestreckt, und er wandte sich um. Ich schlurfte auf ihn zu.

»Tobin?« fragte er ungläubig.

»Wir wollen einsteigen«, krächzte ich.

»Was, zum Teufel, ist Ihnen zugestoßen?«

»Ich werde Ihnen alles erklären«, murmelte ich und wandte mich dem schwarzen Ford zu.

Er hielt mir den Schlag auf. Das zeigte mir, daß ich wirklich einen mitgenommenen Eindruck machen mußte. Ich ließ mich in die Polster fallen; er knallte den Schlag zu, ging um den Wagen herum und klemmte sich hinter das Lenkrad.

»Na, dann schießen Sie mal los.«

»Fahren Sie zum Museum«, sagte ich. »Unterwegs werde ich Ihnen alles erzählen.«

Ohne ein Wort des Widerspruchs ließ er den Motor an und fuhr los.

Es dauerte eine ganze Weile, bis ich ihm alles berichtet hatte, obwohl er nur selten eine kurze Zwischenfrage stellte. Meine Lider wurden immer schwerer, aber ich durfte diesem Impuls nicht nachgeben, denn sonst wäre ich erst nach Stunden wieder aufgewacht.

Hargerson verstand meine Notlüge in bezug auf Linda. »Sie hätten Ihren Freund in jener Nacht nicht anrufen sollen«, sagte er. »Es wäre besser gewesen, ein paar Tage verstreichen zu lassen.«

»Da haben Sie natürlich recht«, pflichtete ich ihm bei. »Aber es hat mich innerlich ganz schön aufgewühlt, als ich Linda nach drei Jahren zum erstenmal wiedersah. Ich wollte das alles so schnell wie möglich hinter mich bringen.«

»Carver und seine Freunde haben also die Säure geschüttet?«

»Willie Vigevano war es. Mort Livingston fuhr den Wagen, und die Anweisungen stammten von Fred Carver.«

»Wie haben die herausgefunden, daß Sie dahintersteckten?«

Ich berichtete ihm von meiner Begegnung mit Dink, von Vigevanos Anruf und vom Besuch der vier Männer in meinem Haus. Als ich erwähnte, daß Knox vor der Haustür durch einen Kopfschuß niedergestreckt worden war, starrte Hargerson mich betroffen an. »Das verstehe ich nicht.«

»Es hat genau wie bei der Säure den falschen Mann erwischt; diese Kugel war für mich bestimmt. Erst Grinella und nun Knox.«

»Der Aufenthalt in Ihrer Nähe scheint gefährlich zu sein«, brummte er. »Aber wenn die vier Männer in Ihrem Haus waren, wer hat dann geschossen?«

»Der Mörder aus dem Museum«, antwortete ich.

»Aber warum? Was sollte er gegen Sie haben?«

»Das Mädchen hat mit mir gesprochen. Der Mörder kann nicht wissen, was sie mir alles anvertraut hat und wie ich das verwende. Es besteht ein direkter Zusammenhang zwischen dem Mörder und dem Mädchen.«

»Sie ist bereits identifiziert worden«, sagte Hargerson. »Sie heißt Carol Beck, hat vor fünf Jahren ihr Examen abgelegt und die vergangenen vier Jahre als Entwicklungshelferin gearbeitet.«

»In Guatemala.«

Er sah mich stirnrunzelnd an. »Stimmt«, bestätigte er. »Sie hatte vor zwei Monaten einen Nervenzusammenbruch und wurde deshalb heimgeschickt.«

»Das wußte ich nicht.«

»Manche Menschen können sich eben nicht an die primitiven Verhältnisse in einem Entwicklungsland gewöhnen.«

Ich erinnerte mich an ihre Aussage über die Toten in den Bäumen. »Sie muß ihr Examen zur gleichen Zeit wie Dan Tynebourne abgelegt haben.«

»Ja, vermutlich. Etwa zur gleichen Zeit.«

»Wenn der unbekannte Tote identifiziert wird, dürfte sich herausstellen, daß er ebenfalls zu ihrer Klasse gehörte und mit Vornamen George hieß.«

»Diesen Namen haben Sie mir schon mal genannt, aber es hat uns nicht weitergeführt.«

»Das kommt noch.«

Er brütete ein paar Sekunden vor sich hin und sagte dann: »Sie glauben also, den Mörder zu kennen.«

»Ja.«

»Warum nehmen wir ihn dann nicht gleich fest, sondern fahren erst ins Museum?«

»Weil ich bislang noch keine stichhaltige Belastung gegen ihn vorlegen kann. Vielleicht können wir ihn bewegen, den fehlenden Beweis mitzubringen.«

Er starrte eine Weile stirnrunzelnd durch die Windschutzscheibe auf die Straßen von Queens und Manhattan hinaus. »Nennen Sie mir keinen Namen, sondern das Motiv.«

Ich grinste. Hargerson war wirklich unberechenbar. »Na schön«, sagte ich. »Es begann mit den Fälschungen. Sie brachten im Grunde wenig ein, erst mußten ja die Kopien angefertigt werden. Diese kleinen Summen hätte man auch als Tellerwäscher verdienen können.«

Er nickte. »Kleine Fische. Es ist wirklich schleierhaft, warum sich manche Menschen damit befassen.«

»Es ging gar nicht um den Verdienst«, entgegnete ich. »Dan Tynebourne erwähnte beiläufig, daß das Geld für diese Ausstellungsstücke anderweitig viel besser verwendet werden könnte. Er gab das als eine Theorie aus, meinte es aber persönlich.«

»Er gehörte zu den Dieben?«

»Ja, ich glaube, es waren insgesamt vier. Tynebourne, der unbekannte Tote, das Mädchen . . .«

»Carol Beck.«

»Richtig, Carol Beck – und Phil Crane.«

Hargerson starrte mich entgeistert an. »Crane? Der Professor?«

»Er war vermutlich der Anstifter«, erwiderte ich. »Gestern abend ist es im Museum zwischen ihm und Ernest Ramsey zu einer scharfen Auseinandersetzung darüber gekommen, ob das Museum mit all den Fälschungen an den Wänden wieder geöffnet werden soll oder nicht. Tynebourne hielt sich zunächst zurück, schlug sich dann aber auf Cranes Seite. Der nahm die Sache mit den Fälschungen nicht so tragisch, da es sich bei den Ausstellungsstücken ja ohnehin nur um Ausschnitte aus Zeitungen und Illustrierten handelte. Da merkte ich, daß er irgendwie mit Crane unter einer Decke steckte.«

»Ja, das leuchtet mir ein«, sagte Hargerson. »Allerdings möchte ich damit nicht vor den Staatsanwalt treten.«

»Ich auch nicht. Jedenfalls verriet es mir, daß Crane an den Fälschungen beteiligt war. Das Motiv lautete: das Establishment schädigen, das Geld ›befreien‹ und dem Volk geben.«

Hargerson schüttelte den Kopf. Die Sache schien ihn irgendwie anzuwidern. »Dieb bleibt Dieb.«

»Die Leute können sich allerlei einreden, wenn sie es darauf anlegen. Carol Beck trat dem Entwicklungsdienst bei und ließ die drei Männer allein. George zog sich nach Kanada zurück, um der Wehrpflicht zu entgehen. Vermutlich kam er von Zeit zu Zeit nach New York, um die Originale abzuholen und in Kanada zu Geld zu machen. Tynebourne und Crane fertigten die Fälschungen an, und Crane verteilte das Geld.«

»Sie sagten, Crane wäre der Mörder.«

»Ja.«

»Warum?«

»Vermutlich behielt er den Löwenanteil für sich. George kam ihm auf die Schliche und stellte ihn unten in der Werkstatt zur Rede. Crane konnte das Museum durch den Seiteneingang betreten und ungesehen in den Keller gelangen. Vermutlich haben er, Tynebourne und George das schon seit Monaten so getrieben.«

»Dann hat Crane George also umgebracht, als dieser ihn mit seinen Betrügereien konfrontierte«, sagte Hargerson.

»Ich glaube, Crane geriet in Panik«, erwiderte ich. »Den Toten konnte er nicht in der Werkstatt lassen, weil dann die Spur über die Fälschungen direkt zu ihm geführt hätte. Da hat er in der Werkstatt alles aufgeräumt, den Toten gewaschen und ihn dann oben in den Ausstellungsraum getragen, damit es aussah, als wäre er von draußen gekommen.«

»Warum hat aber Tynebourne den Toten nicht identifiziert?«

»Crane hat ihm vermutlich gesagt, George wäre von einem Fremden ermordet worden, und sie müßten den Mund halten, wenn nicht alles herauskommen sollte. Als dann Carol Beck durchdrehte und George identifizieren wollte, mußte Crane sie und Tynebourne töten. Anschließend wollte er mich zur Strecke bringen.«

»Ich wünsche fast, es wäre ihm gelungen«, brummte Hargerson.

Ich sah ihn von der Seite an. Nur fast? Anscheinend war ich in Hargersons Achtung gestiegen. Doch das behielt ich lieber für mich.

23

Crane meldete sich, als die Glocke am anderen Ende der Leitung zum drittenmal anschlug.

»Hier spricht Mitch Tobin«, sagte ich.

Nach einer kurzen Pause brach er in schallendes Gelächter aus. »Na, Sie sind mir vielleicht einer, Mann! Warum klingt Ihre Stimme denn so niedergeschlagen?«

Er hatte wirklich gute Nerven. Schließlich hatte er allen Grund, mich für tot zu halten, doch er stellte sich sofort auf die neue Situation ein.

»Hoffentlich stört Sie mein Anruf zu dieser späten Stunde nicht allzusehr«, sagte ich, »aber ich habe da ein Problem, bei dessen Lösung Sie mir helfen könnten.«

»Aber sicher, Mitch. Sie wissen doch, daß ich Sie gut leiden kann.«

»Jemand hat heute abend versucht, mich vor meiner eigenen Haustür zu erschießen.«

»Zu erschießen? Mit einer Schußwaffe?«

»Stimmt.«

»Mann, da haben Sie aber Glück gehabt, wenn die Kugel das Ziel verfehlte.«

»Ich konnte mich im letzten Augenblick ducken«, erwiderte ich. Er wußte noch nicht, daß er irrtümlich einen anderen Mann erschossen hatte, und ich hielt es nicht für erforderlich, ihm das mitzuteilen. Auf diese Weise würde er nicht versuchen, sich der Mordwaffe zu entledigen. »Die Kugel ist haarscharf an meinem Kopf vorbeigegangen.«
»Sie haben ein Mordsglück gehabt.«
»Ich habe lange darüber nachgedacht, warum mich jemand beseitigen wollte, und kann es mir nur so erklären, daß es irgendwie mit dem Mord im Museum zusammenhängt.«
»Sicher«, pflichtete Crane mir bei. »Könnte durchaus stimmen.«
»Ich habe mir ein paar Sachen aus Dan Tynebournes Wohnung geholt«, fuhr ich fort. »Sie könnten sich bei einer etwaigen Vernehmung als nützlich erweisen.«
»Was? Augenblick, Mitch. Sagen Sie das noch einmal.«
»Ich will Ihnen gegenüber ganz ehrlich sein«, sagte ich. »Sie wissen doch über die geheimnisvolle Frau Bescheid, die mich in jener Nacht hier im Museum besuchte?«
Natürlich wußte er darüber Bescheid, denn er mußte sie gesehen haben, als er das Museum verließ, nachdem er den Toten im ersten Stock abgelegt hatte.
»Hat darüber nicht etwas in den Zeitungen gestanden?« fragte er.
»Ja; aber ich behauptete, ich hätte keinen Besuch gehabt.«
»Oh, Mitch«, sagte er, und ich konnte mir vorstellen, wie er grinste. »Das heißt also, daß Sie die Polizei angeschwindelt haben.«
»Ich wußte, daß die Frau nichts mit dem Mord zu tun hatte«, entgegnete ich. »Da wir beide verheiratet sind, hätte das falsch ausgelegt werden können.«
»Ah ja, das leuchtet mir ein.«
»Bei der Polizei stehe ich also unter Verdacht, aber wenn ich abgeholt werden sollte, werde ich den Beamten einfach diese Beweise vorlegen.«
»Sehr geschickt von Ihnen, Mitch. Was sind denn das für Beweise?«
»Papiere«, antwortete ich. »Wissen Sie, wen sie belasten?«
»Nein, wen denn?«
»Ernest Ramsey.«

Wieder eine kurze Pause, und dann das schallende Gelächter.
»Ramsey! Sind Sie ganz sicher, Mitch?«

»Nein, und ich möchte niemanden unnötig in Verdacht bringen. Diese Papiere könnten natürlich auch eine andere Bedeutung haben. Da Sie sich so gut in den Angelegenheiten des Museums auskennen, könnten Sie sich diese Papiere vielleicht mal ansehen und mir ihre Bedeutung erklären. Wenn der Mann mich tatsächlich erschießen will, muß ich wohl oder übel zur Polizei gehen.«

»Ja, hört sich ganz vernünftig an. Wo sind Sie jetzt, Mitch?«

»Im Museum. Hier fühle ich mich am sichersten, und deshalb habe ich den Ersatzmann heimgeschickt. Könnten Sie noch heute nacht herkommen?«

»Hm . . . Hören Sie zu, Mitch.«

»Ja?«

»Im Augenblick geht's nicht«, sagte er.

Hargerson stand mir gegenüber, und ich grinste ihn an.

Phil Cranes Worte bewiesen mir, daß er den ausgelegten Köder geschluckt hatte. Ich konnte mir genau ausrechnen, wie er jetzt vorgehen würde.

»Wann denn?« fragte ich.

»Ich habe hier Besuch«, erwiderte er. »Wir machen eine kleine Haschparty. Aber ich könnte etwa gegen fünf kommen – okay?«

Es war gerade halb zwei. »Fein«, sagte ich. »Das wäre mir sehr recht.«

»Okay, Mitch, also dann bis fünf.«

Wir hängten ein, und ich wandte mich an Hargerson. »Er hat angebissen.«

»Sind Sie sicher?«

»Er sagte, er käme gegen fünf – und das heißt, daß wir ihn in der nächsten Stunde erwarten können.«

Das Telefon schrillte, und ich fügte hinzu: »Merken Sie, daß meine Vermutung stimmt?«

Es war Crane. »Hören Sie, Mann, ich wollte mich nur noch mal vergewissern, ob wirklich alles klar ist. Fünf Uhr ist doch nicht zu spät für Sie?«

In Wirklichkeit hatte er sich natürlich nur vergewissern wollen, daß ich tatsächlich im Museum war. »Nein, nein, das geht schon in Ordnung«, versicherte ich.

»Fein. Also dann bis später, Mitch.«

»Ja, bis später.«

Er hängte ein, und Hargerson fragte: »Das war er, wie?«

»Ja. Er dürfte bald auftauchen.«

»Gut.« Hargerson wandte sich um und verließ das Büro. Ich sah ihm nach, und dabei kam mir zu Bewußtsein, daß mein Leben jetzt in der Hand dieses Mannes lag. Zweifel stiegen in mir auf. Wenn Hargerson nun einfach abwartete, bis Crane mich umgebracht hatte? Dann konnte er den Mörder auf frischer Tat festnehmen und sich gleichzeitig an mir rächen, weil ich Grinella um das Augenlicht gebracht hatte.

Doch Hargersons Gehirn arbeitete ganz anders. Natürlich verfolgte er Rachepläne, aber weitaus unkompliziertere. Außerdem hatte sich während der vergangenen Stunde zwischen uns beiden so eine Art Partnerschaft gebildet, wenn sie auch von kurzer Dauer sein würde.

Als wir beim Museum eingetroffen waren, hatte er meinem Stellvertreter den Polizeiausweis unter die Nase gehalten und ihn heimgeschickt. Ich hatte dem Mann ausdrücklich versichert, daß seine Schicht voll bezahlt werden würde, so daß er keinen finanziellen Schaden erlitt. Einen Augenblick hatte ich mit dem Gedanken gespielt, ihn zurückzuhalten und als Köder zu benutzen, aber er war wie ich unbewaffnet, und ich wollte kein unnötiges Risiko eingehen.

Jetzt waren also nur noch Hargerson und ich im Museum. Alle Lichter waren ausgeschaltet; nur im Büro brannte die Tischlampe. Hargerson hatte auf dem Gang Posten bezogen und hielt die Tür im Auge, während ich am Schreibtisch saß und auf Crane wartete. Am schwersten fiel mir dabei, daß ich unbedingt wach bleiben mußte. Die bleischweren Augenlider wollten immer wieder zufallen, und es kostete mich viel Mühe, sie offenzuhalten.

Phil Crane war noch vorsichtiger, als ich gedacht hatte. Fünf Minuten vor zwei rief er noch einmal an.

»Hören Sie, Mitch, es sieht ganz so aus, als würde unsere kleine Party noch länger dauern. Wahrscheinlich kann ich nicht vor sechs kommen. Geht das in Ordnung?«

»Ich habe bis sieben Uhr Dienst«, erwiderte ich. »Bis dahin hat es Zeit.«

»Fein, dann also gegen sechs.«

Ich legte auf und fragte mich, ob Hargerson wohl nahe genug stand, um den Anruf gehört zu haben. Am liebsten hätte ich ihn gerufen – aber er durfte sein Versteck ja nicht verraten.

Etwa zehn Minuten später hörte ich vom Gang her ein kratzendes Geräusch, das mich irgendwie an eine hinter der Wand schnarrende Ratte erinnerte.

Wechselte Hargerson auf dem Gang seine Position? Oder war Crane schon eingetroffen?

Ich wartete, starrte auf die Tür und spitzte die Ohren. Es war nichts weiter zu hören, und ich entspannte mich wieder.

Fünf Minuten später stand Phil Crane grinsend in der Tür. »Hallo, Mitch.«

Ich sah ihn an. Dann wollte ich an ihm vorbei nach Hargerson sehen, unterdrückte aber diesen Impuls. »Hallo«, erwiderte ich.

Er hob die rechte Hand und ließ mich seinen Revolver sehen. Die Waffe hatte einen ungewöhnlich langen Lauf. Irgendwie erinnerte sie mich an die Colts aus der Pionierzeit des Westens.

»Ich will dich ja nicht herumkommandieren, Mann«, sagte er, noch immer grinsend, »aber ich möchte gern, daß du herkommst.«

»Was soll das?«

»Schon gut, Mitch.« Er lachte zufrieden. »Du hast mir am Telefon nichts vormachen können, Mann. Dazu kennen wir beide uns zu gut. Und jetzt komm her.«

Ich stand auf, ging um den Schreibtisch herum und auf Crane zu. Es gab nichts weiter zu sagen. *Wo steckte Hargerson?*

Crane sah mich erstaunt an. »Mann, du siehst aus, als hättest du im Schlamm bei den Krokodilen übernachtet.«

»Hab' ich auch.«

Er wich einen Schritt zurück und machte eine flüchtige Bewegung mit dem Revolver. »Geh' auf das Portal zu«, befahl er. »Aber gib acht, daß du nicht über deinen Kumpel stolperst.«

Ich betrat den dunklen Gang, und Crane schaltete seine Taschenlampe ein. Im Lichtkegel sah ich Hargerson wie einen Sack Wäsche auf dem Boden liegen. Ich ging vorsichtig um ihn herum auf das Portal zu.

»Sperr die Tür auf, Mitch!«

Alle drei Schlösser waren zu. Ich schloß sie auf und öffnete die Tür. Dann fragte ich, ohne mich umzudrehen: »Wohin?«

»Nur vor die Tür. Mitch. Noch ein Mord im Museum könnte Verdacht erregen.«

Der verdammte Hargerson! Ich ging die Steintreppe hinunter.

»Zur anderen Straßenseite hinüber!« befahl Crane.

Ich wußte, daß er mich auf der Mitte der Fahrbahn erschießen wollte. Langsam setzte ich mich in Bewegung und hoffte, daß Hargerson noch rechtzeitig zu sich kommen würde, um diesen Mord zu verhindern. Vielleicht würden auch ein paar Autos oder Fußgänger auftauchen...

Da sah ich plötzlich, wie Dink Campbell aus einem dunklen Wagen gesprungen kam. »Tobin!« rief er. »Ich habe mit Ihnen zu reden!«

Als ich mich umdrehte, feuerte Crane – aber da wir beide in Bewegung waren, traf er nicht. Ich sprang ihn mit einem weiten Satz an und rammte ihm die Schulter in die Magengrube. Wir stürzten beide auf den Gehsteig. Crane hielt noch den Revolver in der Hand und war wesentlich frischer als ich.

Dink stürmte heran, trat ihm den Revolver aus der Hand und gab ihm einen weiteren Tritt gegen den Kopf. Crane blieb reglos liegen; ich richtete mich schwerfällig auf und blinzelte.

»Was, zum Teufel, haben Sie mit meinen Freunden angestellt?« fragte Dink wütend. »Die Bullen sind in meine Wohnung gekommen, weil sie glauben, daß alles auf mein Konto geht. Aber ich lasse mir von Ihnen nichts in die Schuhe schieben, Tobin!«

Er hatte mir gerade das Leben gerettet. Ich fragte mich, wie er das wohl aufnehmen würde, wenn er es erst einmal begriff.

»Ach, halt die Klappe, Dink«, brummte ich und versank in einer uferlosen Dunkelheit.

Ted Allbeury

Kinder der Geborgenheit

Polit-Thriller

Die Bundesrepublik Deutschland in den siebziger Jahren: Unbekannte Täter schänden Synagogen und beschmieren jüdische Grabdenkmäler. Wer aber steckt hinter den neofaschistischen Umtrieben? Das russische KGB, argwöhnt der britische Secret Service und schickt seinen besten Mann nach Köln: Jacob Malik, der als Kind Auschwitz überlebt hat.
Für Malik wird die Deutschlandfahrt zum Alptraum. Zumal er rasch herausfindet, wer tatsächlich hinter dem neuen Antisemitismus steckt. Und was.

ein Ullstein Krimi

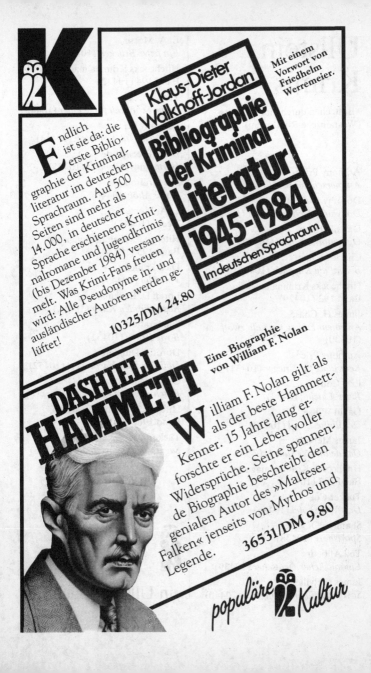

Ullstein Krimis

»Bestechen durch ihre Vielfalt«
(Westfälische Rundschau)

Anthony Price
Aufmarsch der Esel (10425)

Dorothy Dunnett
Dolly und der Todesvogel (10426)

Dan Sherman
Operation Octopus (10427)

Charlotte Jay
Bis auf die Knochen (10428)

Hitchcocks Kriminalmagazin,
Band 192 (10429)

James H. Chase
An einem Freitag um halb zwölf...
(10430)

Anthony Price
Kein Platz für Krieger (10431)

Liza Cody
Jäger-Latein (10432)

David Wiltse
Der fünfte Engel (10433)

James Melville
Das neunte Netsuke (10434)

Hitchcocks Kriminalmagazin,
Band 193 (10435)

Tucker Coe
Der Wachsapfel (10436)

Shannon OCork
Sportsnarr (10438)

Ted Allbeury
Ein nützlicher Deutscher (10439)

James Melville
Sayonara für eine Sängerin (10440)

L. A. Morse
Ein fetter Brocken (10441)

Hitchcocks Kriminalmagazin,
Band 194 (10442)

Tucker Coe
Keine Schonzeit für Widder (10443)

Anthony Price
Das Vengeful-Komplott (10444)

Brian Freemantle
Hartmanns Dilemma (10445)

Sue Grafton
A wie Alibi (10446)

L. A. Morse
Sleaze (10447)

Hitchcocks Kriminalmagazin,
Band 195 (10448)

Dick Francis
Voll Blut (10449)

Loren D. Estleman
Rosen für den Killer (10450)

Sue Grafton
B wie Bruch (10451)

Dorothy Dunnett
Dolly und der Nachtvogel (10452)

Gregory Mcdonald
Fletch siegt (10453)

Hitchcocks Kriminalmagazin,
Band 196 (10454)

Tucker Coe
Sag die Wahrheit, Kollege (10455)

ein Ullstein Buch